LES CRAPAUDS-BUFFLES

Rue des Écoles

Le secteur « Rue des Écoles » est dédié à l'édition de travaux personnels, venus de tous horizons : historique, philosophique, politique, etc. Il accueille également des œuvres de fiction (romans) et des textes autobiographiques.

Déjà parus

Mottelay (Candice), *La mer de mon père*, récit, 2015.

Chessex-Viguet (Christiane), *Penser l'école*, essai, 2015.

Antoni (Petru), *Le petit mousse d'Aboukir*, roman, 2015.

Thurmel (Thierry), *La distance du corbeau*, roman, 2015.

Isabelle Guyon, *Le Grain du Temps*, récit, 2015.

De Beaucoudrey (Olivier), *Hippo Valley*, récit, 2015.

Bestard (Gérard), *Les tribulations d'un petit prof d'allemand*, récit, 2015.

Sezionale Basilicato (Isabelle), *L'égide du papillon*, roman, 2015

Wasselin (Julie), *Couleur sépia*, récits, 2015.

Bekaert (Jacques), *Le Vieux Marx*, roman, 2015.

Favret (René), *Les années d'études*, récit, 2015.

Valland (André), *Le désir d'un bonheur inconnu*, essai, 2015.

Ces douze derniers titres de la collection sont classés par ordre chronologique en commençant par le plus récent.
La liste complète des parutions, avec une courte présentation du contenu des ouvrages, peut être consultée sur le site www.harmattan.fr

Nicole Aufan-Benazeth

Les crapauds-buffles

Nouvelles

L'Harmattan

5-7, rue de l'École-Polytechnique, 75005 Paris

www.harmattan.com
diffusion.harmattan@wanadoo.fr
harmattan1@wanadoo.fr

ISBN : 978-2-343-06903-6
EAN : 9782343069036

A Severo, qui écrivait en dansant,
A Tristan, mon élixir de jouvence

Préface

« Le repas de noces avait été servi sous les tilleuls sur de longues tables habillées de blanc, d'argenterie, de cristaux et de fleurs. »

Ce recueil de neuf nouvelles, lumineux, s´articule autour de la qualité de l'écriture et de la vie de Nicole Aufan-Benazeth où la Provence, l'Afrique et le Pérou, la nature et le temps, l'amour et la nourriture s'enlacent et se rejoignent.

L'unité d'impression, la totalité d'effet donnent à la nouvelle une supériorité tout à fait particulière. Centrée sur un seul évènement, la brièveté du récit ajoute à l'intensité de l'effet et, lue tout d'une haleine, elle me laisse un souvenir plus puissant qu'une lecture interrompue. Nicole conçoit un effet à produire, invente des incidents, combine des événements. Dès la première phrase, elle prépare un dénouement inattendu qui ouvre la voie à une réinterprétation de la nouvelle, et m'invite à revenir sur le texte pour y découvrir des subtilités qui m'avaient échappé à la première lecture et qui lui donnent tout son sens. Une sorte de carte blanche laissée au rêve pour continuer à sa guise l'œuvre entrevue.

Nicole fait naître une attente plutôt qu'un étonnement et renonce aux surprises d'un style baroque. Elle situe loin l'aventure de ses contes, dans le temps ou dans l'espace, dans des paysages qu'elle a parcourus, à des milliers de kilomètres ou chez elle, hier ou demain.

Chaque phrase est pesée et minutieusement attachée aux autres. Nicole tricote son texte serré, elle a un sens aigu de l'économie et de la pertinence et raconte de manière à retenir, à chaque instant, mon attention. La vision attentive de son expérience féminine poursuit son œuvre longtemps après que j'aie tourné la dernière page. Tout comme l'architecte calcule les dimensions et les effets de charge, elle teste ses forces en établissant les fondations sur lesquelles pourrait s'élever un roman, dont elle s'approche quand elle laisse apparaître l'analyse psychologique du personnage par qui elle parle et qui raconte aux autres une histoire.

Nicole se promène dans son œuvre à travers des rôles qui sont ses doubles. Elle fait éclater ses sentiments en s'attachant tant à la vie quotidienne qu'à ses aspirations intimes et transforme une aventure personnelle en une histoire où chacun se retrouve. L'observation caractérise son talent et si l'émotion n'est jamais brutale, elle laisse une petite blessure, profonde et discrète. Elle connaît son cœur, elle en parle. Les phrases sont rythmées comme des proverbes. Elle dépeint des non-dits, des malentendus, des failles où nichent, imperceptibles, des trésors.

La vitalité des récits de Nicole est due à la complicité familière avec laquelle elle décrit les lieux et les êtres. Ce sont des nouvelles d'aventures et de découvertes où le merveilleux a les couleurs de la réalité et se dessine dans la présence et le poids du quotidien, un merveilleux dont la particularité est d'être vu par des yeux toujours enfantins qui effacent toute démarcation entre le paysage regardé et le paysage désiré.

Nicole croise des vies, parcourt pour un moment des existences, entend et parle d'autres langues. Ces présences effleurées, elle nous invite à les connaître, à l'écoute étonnée de cette stupéfiante mémoire des hommes, diverse et identique.

Elle identifie les sons, les éclats ou les murmures, le vent, la pluie, la stupéfaction des heures caniculaires. Le décor rejoint sa mémoire intime et trouve d'étranges correspondances.

Gracieuse et légère, la voyageuse a de la vigueur et de la gravité. Nicole a du plaisir à raconter sans autre but que de satisfaire sa propre curiosité pour les actions humaines. « L'observation des gens, des lieux et des usages lui procuraient une fascination permanente ». Elle écrit par passion et trop sérieusement pour se prendre au sérieux, l'écrivain étant un paradoxe dans une société où tout semble conspirer à priver les mots de leur sens évident. Et comme l'évocation est la clef de tout langage artistique, Nicole reconstruit avec ses imprécisions et ses suggestions secrètes, un univers dont les règles et la logique sont différentes de celles de la réalité.

Elle est aussi une excellente photographe. Nicole écrit comme si elle photographiait avec un flash. Elle met une lumière nouvelle, étrangère, qui n'était pas là avant et qui n'appartient pas à ce qu'elle voit. Le sujet est alors révélé. Ce qui n'est pas permis se présente, ce qui est soustrait à l'obéissance est nourricier. L'attitude de Nicole suppose un certain degré de porosité, elle laisse venir, comme de soi-même, ce qui était à part parce que la photographie prend sur le fait une conscience incontestable.

Nicole parle de nourriture, elle parle de son essentialité et joue de cette essentialité pour parler d'autre chose. Le repas en lui-même tient une place centrale dans ses nouvelles qui sont des récits de convives où le monde qu'elle nous fait découvrir est un monde où l'amour est comestible.

La cuisine est affaire naturelle, elle est aussi une activité éminemment culturelle. Elle crée un lien social et procure du plaisir, elle est un art et le repas est un moment que la littérature souvent exploite pour nous faire des révélations.

Dans tous ces récits, on reconnaît le goût de la découverte sensuelle. La sensualité inclut toutes les choses vivantes. Elle signifie tout ce qui a un rapport avec l'audition, la vue, l'odeur, le goût, le contact. La sensualité de Nicole s'épanouit dans l'amour sous la main, dans les bons plats de ménage, dans la satisfaction légitime de l'appétit. Une aptitude, un caractère à goûter les plaisirs, à être réceptive aux sensations : «… je descendis pieds nus l'escalier dont certaines tommettes bougeaient sous les pas ». Elle parle d'une beauté familière, les joies sont auréolées d'une tendre ferveur.

Ce recueil est une porte. Parce que regarder un tableau, lire un poème ou écouter de la musique, c'est poursuivre d'abord, comme le disaient les surréalistes, "l'échappée belle".

Marie Eve Gardère, Rome, 2015

Les crapauds-buffles

Mia… réveille-toi…

Mia ? C'est moi, mon amour, réveille-toi, c'est Papa. N'aie pas peur, ma chérie, Papa est venu te chercher.

Mia, réveille-toi au moins un tout petit peu. Réveille-toi juste assez pour sortir du lit et venir avec Papa jusqu'à la voiture…

Mia ? Oui, je sais, il fait nuit… Il fait nuit et tu es déjà couchée depuis longtemps, mais ça ne fait rien. Tu te réveilles un tout petit peu et tu te rendormiras dans la voiture. Je t'emmène à la maison, je te porterai directement dans ton lit, dans ta chambre…

Mia, tu m'entends ? Ne te rendors pas, ma douce.

… Non, ce n'est pas Maman, Maman n'est pas là… Allez, viens, je t'en prie. Maman est encore sortie… Maman t'a mise au lit puis t'a laissée seule dans la maison, une fois de plus. Toute seule sous ta moustiquaire. Et dehors, pour toute protection, tu n'as que le gardien de nuit endormi sur les marches de la véranda…

Allez, Mia, un petit effort !

… Le gardien ne t'entendrait jamais si tu appelais ou si tu pleurais, ta mère le sait bien, et pourtant elle te laisse… D'ailleurs, on ne confie pas un petit ange blond comme toi à un gardien de nuit. Pourquoi n'a-t-elle pas fait rester la bonne, comme d'habitude ? Parce qu'elle n'a pas l'intention de rentrer de la nuit, probablement…

Le gardien… C'est pire que si tu étais entièrement seule. J'ai dû l'appeler pendant un quart d'heure avant de parvenir à le réveiller pour qu'il m'ouvre le portail. J'ai dû lui répéter trois fois que je venais te chercher avant que les mots pénètrent jusqu'à son cerveau assoupi... je me demande même pourquoi j'ai pris la peine de lui raconter que ta mère m'avait laissé un message, qu'elle ne pourrait pas te conduire à l'école demain matin et que j'avais pensé qu'il était plus simple que tu passes la nuit à la maison.

Mia ? Oui, il est tard, mais je n'y peux rien... Allons, Mia, enfile tes sandales... Non ? D'accord. Pas besoin de t'habiller, la nuit est étouffante, je prendrai tes affaires. Où est ton uniforme d'école ? Ah, ici... Ton cartable ? Ah oui, c'est vrai, tu dois prendre ton cartable, où avais-je la tête ? Je l'ai, viens dans mes bras.

Que dis-tu ? Oui, bien sûr que Maman sait que je suis venu te chercher. De toute façon, il n'y a aucun problème, je suis ton papa et je t'emmène à la maison. Si elle ne sortait pas presque tous les soirs, aussi, si elle n'allait pas traîner dans les night-clubs ou les boîtes à matelots sous prétexte d'accompagner ses amies... Ses amies... il faut voir dans quel état elles sont, des divorcées alcooliques ou de jeunes écervelées...

Installe-toi bien sur le siège arrière, Mia, tu peux te rendormir, maintenant, nous partons...

C'est vrai que c'est dans un night-club que je l'ai rencontrée, ta mère, mais c'était un night-club de bateau de croisière. Ta mère était un rayon d'ambre, ma chérie, il y a quinze ans... Elle était employée sur ce bateau, elle faisait l'unanimité sur sa jeunesse, sa vivacité, sa soif de vivre... Elle dansait comme un feu follet, elle connaissait par cœur ces îles où nous croisions, ses îles. A-t-elle été attirée par le prestige du métier de journaliste, même si je n'étais qu'un obscur reporter touristique ? Toujours est-il que, dans la nuée de phalènes attirées par sa lumière, elle m'a distingué, moi.

Tu dors, Mia ?... Alors je peux te le dire, rien de pire ne m'est jamais arrivé... j'ai eu amplement l'occasion par la suite de regretter amèrement d'être sorti vainqueur de la compétition. Qui eût cru que tant de crève-cœur suivrait la première euphorie ? Si je ne m'étais pas trouvé sur ce bateau, si je n'avais pas été l'élu, tu ne serais pas là, c'est vrai, ma vie aurait probablement été plus terne, mais je ne serais pas cette nuit sur cette route avec toi comme un voleur. Un voleur au cœur brisé...

Pourtant, si tu l'avais vue, riant aux éclats en tournoyant au son de la musique et, le jour, surgissant des vagues dans un jaillissement de soleil, tu aurais compris mon éblouissement... C'était un colibri, un feu d'artifice, un bouquet de fleurs exotiques, une cascade de bougainvillées multicolores... Tu te souviens, Mia, de cette photo qui était sur le piano, quand nous vivions tous les trois ensemble ? Elle avait été prise à cette époque-là. Ta mère s'était habillée en Polynésienne pour la soirée d'adieu à bord... Des Caraïbes au Pacifique Sud, la transposition lui convenait parfaitement...

Nous nous sommes quittés en arrivant au port. Je ne me faisais guère d'illusions quant à sa constance. Je me trompais. Quelques semaines plus tard, elle me rejoignait à Paris... Elle avait attendu le printemps parce qu'elle était sûre qu'elle n'aurait pas survécu à l'hiver, dit-elle... La période qui suivit fut un enchantement. J'avais du travail, j'avais des amis qu'elle avait conquis au premier coup d'œil, la vie était belle, je l'emmenais dans mes déplacements ; elle qui jusque-là n'avait connu que ses îles et les Etats-Unis trouvait spontanément sa place partout où il y avait la fête...

J'aurais dû écouter la petite sonnette d'alarme qui retentissait parfois en moi dès le début de notre vie commune. Je ne l'ai pas fait et si à présent je le déplore, c'est surtout à cause de toi, mon rayon de miel, ma Mia adorée. A ce moment-là, je me suis jeté à corps perdu dans cette vie… Bien sûr, elle avait déjà tendance à trop boire, mais c'était dans la chaleur de l'instant, elle n'en dansait que mieux et son rire n'en était que plus cristallin…

Elle a pris une telle place dans ma vie que j'en ai perdu mon travail. J'étais prêt à lui en vouloir, mais ce n'était pas juste, on ne reproche pas à un feu follet d'être ce qu'il est. Moi seul étais à blâmer. Elle qui semblait être l'insouciance incarnée m'a alors époustouflé. Là, Mia, j'ai été très fier de ta mère. Notre situation l'a brusquement dégrisée et fait passer à l'âge adulte - peut-être y était-elle déjà, d'ailleurs, et je n'avais pas su le voir. Se sentant responsable de mon licenciement, elle nous a trouvé un contrat à tous les deux, nous allions nous occuper d'un club de vacances... sur une île. Tu ne me croiras peut-être pas si tu m'entends, mais je suis persuadé qu'inconsciemment ma rancœur envers elle date de ce moment-là. Je n'y pensais pas, j'étais tellement soulagé de cette solution, je l'aimais et elle m'aimait, nous allions vivre un rêve dans un paradis tropical, mais le mal était fait : Papageno se retrouvait en cage !

… Nous sommes arrivés, ma belle endormie. Laisse-moi ouvrir la porte et rentrer tes affaires, puis je viendrai te chercher…

Viens… Non, tu ne vas pas encore au lit, je vais d'abord nous préparer une petite boisson ; nous sommes bien tous les deux sur la véranda, regarde, le chien est content de te voir ; on entend les crapauds-buffles, les pluies ont dû commencer quelque part… Et j'ai tant à te dire… C'est important, Mia, je veux te raconter comment tu es venue au monde… Je sais qu'il y a école demain, mais tu as déjà un peu dormi et la nuit est encore longue. Blottis-toi tout contre moi…

Mon oiseau des îles s'est mis au travail avec beaucoup de sérieux et j'en suis venu à l'admirer pour des qualités que je ne lui connaissais pas. Bien sûr, je ne retrouvais le feu d'artifice qu'après quelques verres d'alcool, mais j'avoue que sans elle je ne m'en serais jamais sorti. Alors pour parfaire cette fallacieuse harmonie, nous avons décidé d'avoir un enfant. Tu as été conçue dans un élan de confiance absolue en nous-mêmes et en l'avenir, Mia. Un instant d'aveuglement total, dirais-je aujourd'hui... Elle désirait un garçon, elle disait qu'elle ne voulait pas de rivale... Et tu es venue. Et tu me ressembles. Tu as sa grâce et sa légèreté, mais tu es blonde et tu as les yeux bleus comme moi, tu es Mia...

Et peu à peu, ses craintes se sont matérialisées - je t'aimais plus que je ne l'aimais, tu l'as supplantée dans mon cœur. En apparence nous formions un trio radieux, mais quiconque était un peu perspicace pouvait voir que nous n'avancions plus au même pas. Elle me distançait. Ce travail lui convenait mieux qu'à moi. Je ne savais qu'écrire des articles et prendre quelques photos - elle a pris ce club en main en vraie professionnelle. Elle savait plaire à la fois aux employés et aux clients. Elle me diminuait, Mia, et j'en suis venu à la haïr d'être ce qu'elle était et de mettre ainsi en lumière ma propre médiocrité. Si tu n'avais pas existé, l'histoire aurait probablement fini là. Mais elle m'aimait, le croirais-tu, et elle voulait me garder autant qu'elle voulait que sa fille ait un père. Alors j'ai lâchement commencé à faire semblant, à rouler des mécaniques, à en rajouter pour faire croire que c'était moi le chef... C'est de sa faute, Mia, elle m'a détruit en me révélant. Elle m'a poussé à me mépriser moi-même...

Tu ne comprends pas de quoi je parle ? Cela n'a pas d'importance, il faut que je le dise... Bois un peu de lait chaud, pour mieux t'endormir. Il y a du miel dedans... Il a un drôle de goût ? Mais non, c'est une impression. J'en boirai aussi, après t'avoir mise au lit, mais pas tout de suite, je ne dois pas m'endormir avant toi, grosse bête, tu ne pourrais pas me mettre au lit !

Tout aurait pu durer plus longtemps, ton existence servant à la fois de lien et de tampon, si les propriétaires du club n'avaient pas décidé de le vendre. Les acheteurs allaient le gérer eux-mêmes. Le ciel m'est tombé sur la tête, Mia. J'aurais dû avoir le courage de me mettre sérieusement en quête de travail, j'ai même eu des velléités d'essayer pendant quelques semaines, mais j'avais déjà basculé du côté des perdants, Mia. Quand elle m'a convaincu de revenir ici où elle avait de la famille et des amis, où elle pourrait trouver du travail, j'ai capitulé, je me suis livré pieds et poings liés, par lassitude, par veulerie, pour être près de toi...

Et elle a trouvé du travail alors que mes tentatives sans conviction se soldaient par des échecs. Et j'ai vécu à ses crochets, Mia - la pire des condamnations pour un homme tel que moi. C'est moi qui me suis mis à boire et à lui chercher querelle quand elle rentrait tard. Alors l'escalade a commencé, elle s'est mise à rentrer tard pour de bon. Elle buvait aussi, parfois, et l'ivresse la faisait pleurer. Quand je l'avais connue, l'ivresse déclenchait son hilarité, depuis qu'elle était avec moi elle provoquait ses larmes... Beau succès... C'est un constat insupportable, Mia, même si c'est vrai... surtout si c'est vrai...

Allez, au lit, accroche-toi à mon cou, allonge-toi, détends-toi. Je resterai auprès de toi jusqu'au bout... Laisse-moi te regarder. Quand j'ai dit que tu ne lui ressemblais pas, j'ai menti, Mia. Il n'y a que vos couleurs qui diffèrent. Plus tu grandis et plus tu lui ressembles. Et je ne peux pas supporter la pensée que tu deviennes comme elle, que tu rendes un homme malheureux. Cela ne sera pas.

C'était devenu l'enfer, ma petite fille adorée. Un enfer que seule ta présence me rendait supportable. Elle aurait dû me comprendre ; tout en la haïssant je ne lui voulais pas de mal au nom de notre amour passé ; elle n'aurait pas dû me quitter, Mia, je te l'assure… Et surtout, surtout, mon amour, elle n'aurait pas dû t'emmener avec elle ; en faisant cela elle a détruit tout ce qui restait en moi d'autre que de la haine, elle a éteint ma dernière lueur d'espoir, elle m'a arraché ma seule raison de vivre… Si elle croit que nos rencontres hebdomadaires comblent ma soif de toi, si elle croit que j'accepte son aumône de gaieté de cœur, elle se trompe affreusement. Sa pitié me tue…

C'est pour ton bien, paraît-il… Ton bien, c'est d'être avec moi, Mia, moi seul sais quel est ton bien. Il y a six ans que je ne vis que pour toi, qui, mieux que moi, te comprend ? Je ne sais plus rien faire, mais j'aurais si bien su faire ton bonheur...

Tu ne dors toujours pas ? Tu devrais, pourtant…

Quoi, mes mains sur ton cou ? J'aime bien caresser ton cou tendre, Mia. Je ne te fais pas mal, comment pourrais-je te faire mal, je t'adore, Mia…

Elle n'est pas digne de toi, et je ne suis pas digne d'elle, Mia, alors nous allons la laisser seule, nous partons tous les deux, mon rayon de lune… A présent, ma haine et mon désespoir ont brisé les barrages…

Elle ne pourra pas venir te chercher, là où nous allons… Elle se débrouille très bien sans nous, nous sommes un poids pour elle, mais je veux qu'elle se souvienne de nous deux à jamais… Nous allons laisser un tel vide dans son existence qu'elle ne nous oubliera pas de si tôt…

N'aie pas peur, Mia… Non, je ne retirerai pas l'oreiller, ma colombe, même si tu as du mal à respirer. Cette fois, ce n'est pas pour jouer, tu sais… Tu aurais dû t'endormir et tu m'obliges à accélérer les événements, j'ai encore mon lait à boire avant la fin de la nuit… Nous nous retrouverons bientôt, Mia. Rappelle-toi, je t'aime, je n'aime que toi et moi seul t'aime vraiment…

Les crapauds-buffles se sont tus… A bientôt, ma vie.

Les goûts de l'amour

Avant-goût

Elle avait quatorze ans, il en avait presque dix-sept. Elle trouvait qu'il ressemblait à un héros de roman de la collection "Signe de Piste", sa lecture favorite du moment. Mèche rebelle retombant obstinément sur le front et renvoyée régulièrement vers l'arrière d'un mouvement de tête qui évoquait un cheval rétif, œil couleur de tempête bretonne ourlé de cils outrageusement longs et aussi sombres que les cheveux, épaules carrées, mains puissantes, enfin tous les ingrédients propres à alimenter les rêveries d'une pré-adolescente réservée et peu sûre d'elle. Elle faisait tout ce qui était en son pouvoir pour croiser son chemin et chaque fois qu'elle y réussissait après de longs calculs, elle n'osait même pas lui parler, à peine le regarder. Pourtant il fréquentait son frère, leurs mères partageaient les mêmes bonnes œuvres, les occasions ne manquaient pas, mais à quoi bon les manœuvres savantes si elle ne profitait pas des pseudo-hasards qu'elle provoquait à grand-peine, si elle ne pouvait qu'être pétrifiée sur place.

Enfin un beau jour les circonstances travaillèrent en sa faveur sans qu'elle eût à s'en mêler. Ses parents l'encouragèrent à participer à un rassemblement national de jeunes auquel il allait être présent. Elle ne se le fit pas dire deux fois. Lors du regroupement des participants à la gare pour embarquer dans le même train, elle n'eut même pas à se demander comment se comporter. Il la traita naturellement comme une vieille connaissance et resta auprès d'elle comme si elle était sa meilleure amie. Tout d'abord prise au dépourvu par l'embrassade chaleureuse et la gentille familiarité de son compagnon-idole, elle décida très vite de savourer le présent sans stratégie ni torture d'esprit. Ensemble ils bavardèrent fort avant dans la nuit avec d'autres jeunes se rendant au même endroit, il l'installa près de lui dans son compartiment et l'aida à rassembler ses affaires au moment de quitter le train. Lorsque, au seuil de l'immense village de toile qui allait les héberger, il lui prit fermement la main pour chercher ensemble la zone attribuée à leur région, elle ressentit une bouffée de satisfaction teintée de triomphe ; ce contact physique dont elle avait si souvent rêvé avait fini par devenir pour elle une abstraction, et voilà qu'il était bien réel. Le brouhaha du camp lui parvenait assourdi, elle était étourdie de bonheur. Ils cochèrent leurs noms sur la liste du responsable puis se quittèrent au seuil de leurs tentes respectives - garçons et filles étaient bien entendu séparés - le temps de s'installer. Ils se retrouvèrent un peu plus tard pour explorer de concert le reste du village éphémère.

Ce soir-là, autour des feux allumés par chaque groupe, des ombres s'affairaient à la confection du repas. Il se chargea de l'élaboration des brochettes avec un soin tout particulier, commentant au fur et à mesure la savante alternance des ingrédients, le degré de cuisson, les herbes aromatiques employées ; elle qui d'habitude avait horreur de manger avec ses doigts n'avait jamais fait un repas aussi succulent. Sa brève vie atteignit un point culminant au moment où, devant les braises rougeoyantes, alors que les conversations s'étaient tues pour laisser place à des notes de guitare égrenées sous les étoiles, il passa son bras robuste autour de ses épaules et l'attira vigoureusement contre lui. Elle aurait pu rester dans l'étreinte de ce bras pendant une éternité et trouva un plaisir particulier à sentir sur les doigts proches de son visage une odeur de viande grillée... Elle ne se dit même pas que, tant qu'il y était, il aurait pu déposer un baiser sur ses cheveux, par exemple. Elle n'osait pas croire à son bonheur et se retrouva une fois de plus pétrifiée, mais dans des conditions toutes différentes.

Peu après leur retour, il déménagea et elle ne le revit jamais, mais garda pour l'odeur de viande grillée une tendresse toute particulière.

Goût d'apprendre

Il avait trente ans et elle en avait dix-huit. Il était américain et elle était française, ils avaient deux choses en commun : leur condition d'étrangers à Paris et la fréquentation des installations de la Cité Universitaire bien qu'aucun des deux n'y résidât. Ils se rencontraient à la salle d'armes, au restaurant ou au cinéma, et ce grand escogriffe de Yankee avait d'emblée témoigné à cette petite provinciale un intérêt amusé tout en ne la traitant en apparence pas différemment des autres filles du groupe autour duquel il gravitait. Deux de ces filles étaient entichées de lui et se pâmaient d'admiration devant cet homme plus âgé et érudit qui étudiait le japonais et avait fait partie de l'équipe de pentathlon moderne de son pays aux derniers Jeux Olympiques. Elles traînaient dans son sillage, guettant le moindre signe qui les distinguerait, leur donnerait de l'espoir ou nourrirait leurs fantasmes, commentant abondamment entre elles ses regards, ses pressions de main ou les mots qu'il avait prononcés, y cherchant quelque indice... Quant à lui, son mètre quatre-vingt-dix nonchalant trimbalait partout un sac militaire d'où dépassait en permanence une raquette de tennis et dans lequel se trouvaient pêle-mêle des dictionnaires, des notes de lecture, un assortiment de condiments et une serviette de bain ; il allait de bibliothèque en terrain de sports en faisant une pause à la cafétéria le temps de feuilleter le New York Times en avalant un bol de chocolat fumant accompagné d'un sandwich au jambon qu'il n'hésitait pas à tremper dans la boisson à la manière d'un croissant, se doutant ou non de l'effet qu'il produisait sur la gent féminine, puis reprenant le métro pour regagner sa chambre sous les toits de l'Ile de la Cité. Sans être d'une beauté frappante, il était si typiquement américain qu'il était invariablement sélectionné chaque fois que des figurants étaient requis pour un film de guerre ou un western, pour lui un moyen comme un autre de financer ses études à rallonge. Contrairement au stéréotype en vigueur, il mâchait du chewing-gum exclusivement pour rafraîchir son haleine après les repas.

La petite provinciale habitait aussi en ville et ils prenaient parfois le métro ensemble. Il lui racontait le Kentucky et le Japon, lui posait des questions sur elle-même, et elle lui savait gré de la traiter en égale. Elle se sentait très à l'aise avec ce grand copain inattendu, répondait librement à ses questions les plus intimes et lui en posait sans inhibition, avec beaucoup de sympathie et de camaraderie. Un jour, il lui déclara devant une tasse de café prise sans le reste du groupe que, n'ayant plus que trois mois à passer à Paris et la connaissant un peu mieux à présent, il offrait de lui faire faire ses premièrs pas dans la vie sexuelle, puisqu'elle n'éprouvait pas d'amour pour lui, mais de l'amitié et de la confiance - les conditions idéales pour une première expérience réussie, lui dit-il, car les amours-passions n'étaient pas propices à l'initiation. Il se proposait de l'apprivoiser - ce fut le mot employé - jusqu'à ce qu'il juge le moment opportun, puis, si elle le désirait, elle pourrait prolonger sa formation pendant les quelques semaines qu’il leur resterait avant qu'il retourne aux Etats-Unis. Si elle refusait, rien ne serait changé entre eux. Elle n'avait jamais envisagé une situation semblable mais trouva l'idée très bonne et accepta aussitôt, ayant auparavant été refroidie par les maladresses d'un amoureux transi dont elle avait dû fuir les assiduités.

Après quelques tête-à-tête didactiques et complices, il avait fixé la date à un soir de printemps ; il avait soigneusement conçu le déroulement des événements - la soirée commencerait au restaurant avant de se poursuivre chez lui, sur "son territoire". Il avait choisi un restaurant-cabaret de la rive gauche, non loin de Notre-Dame de Paris à l'ombre des tours de laquelle il habitait. Il avait aussi choisi le menu du dîner. C'était un soir de semaine, sans cohue, la salle n'était pas pleine et ce fut un prélude irréprochable : asperges, truite aux amandes et sorbet arrosés de champagne et magnifiés par la voix profonde et parfois déchirante de Francesca Soleville, à la lueur dansante des chandelles plantées directement dans des goulots de bouteilles disparaissant sous des larmes de cire. Tout avait été merveilleusement étudié pour la mettre dans un état de béatitude réceptive qui ne la quitta pas pendant le bref et plaisant trajet à pied à travers la Seine puis le long de la rue du Cloître Notre-Dame, enfin l'ascension des huit étages conduisant au paradis : la petite chambre de bonne mansardée qu'il occupait dans l'un des coins les plus follement romantiques de la capitale. La fenêtre paraissait démesurée comparée au minuscule pan de mur dans lequel elle s'ouvrait directement sur la tour Nord de la cathédrale. Après avoir empilé sur l'électrophone John Coltrane, Miles Davies et Dave Brubeck, il lui servit un verre de bourbon, qu'elle goûtait pour la première fois et trouva beaucoup plus buvable que le scotch qu'elle faisait semblant d'aimer pour faire comme les autres quand elle était invitée en boîte. Il consacra tout le temps nécessaire aux jeux amoureux qui à la fois détendent et aiguisent les sens. Elle y vit la fréquentation des geishas... Quelle qu'ait été la source de son savoir, elle en recueillait avec volupté les bénéfices... Il déploya des trésors de douceur et de gentillesse, et les dernières notes de "Take Five" s'étaient perdues depuis longtemps lorsqu'ils émergèrent de leur premier voyage ensemble. Après leur retour successif du minuscule cabinet de toilette, il partagea avec elle un Mars Bar, autre première pour ses papilles. L'initiation avait été parfaite. Et si depuis ce temps-là les truites aux amandes sont pour elle associées à la lueur des chandelles, les Mars Bars évoquent irrésistiblement le contact un peu froid sur sa peau nue du dessus de lit satiné et la lueur née de la bouffée de Peter Stuyvesant fumée contre son épaule en contemplant un petit coin de ciel, dans la chambre minuscule au papier peint incongru pour un athlète olympique : bleu ciel à pois blancs...

Il lui offrit un petit briquet d'argent guilloché en guise de cadeau d'adieu la veille de son départ et lui promit un brillant avenir dans la spécialité dans laquelle elle s'était montrée si bonne élève. Elle ne lui demanda pas son adresse et il ne proposa pas de la lui donner, le cours était terminé.

Goût d'autre chose

A vingt-cinq ans passés il n'avait jamais quitté le continent américain, à vingt-trois ans elle venait de débarquer au Pérou, ayant soudain eu soif d'autre chose que de sa vie de bohême parisienne. Son premier reportage la conduisit au cœur des Andes, dans la région de Cuzco. Il était métis, avait des cheveux de jais, des pommettes saillantes et d'étranges yeux d'or au fond desquels couvait un feu ardent. Il lui avait été présenté chez son contact local comme la personne qui faciliterait son introduction dans les communautés indigènes qu'elle devait visiter. Il élevait des chevaux dans une vallée isolée et en avait acquis une allure de gaucho taciturne - l'homme des vallées perdues... Son regard de puma alluma en elle un incendie dès leur première rencontre. Tout ce qu'elle retint des quelques phrases échangées ce jour-là, à part le fait qu'il semblait être connu et apprécié de tous, fut qu'il viendrait la chercher le lendemain à l'aube à sa pension de la place Santo Domingo. Elle ne dormit pratiquement pas de la nuit et fut prête bien avant l'heure.

Le jour se levait à peine lorsqu'il arrêta sa vieille Jeep devant les marches de la pension, en face de l'église coloniale. Il portait un grand poncho et une longue écharpe de vigogne, cavalier égaré derrière un volant. Sans un mot, il plaça ses sacs à l'arrière à côté d'un chapeau à larges bords, installa sa passagère sur le siège avant et lui tendit un poncho semblable au sien - il ferait froid, plus loin, dit-il laconiquement. L'incendie allumé en elle avait sans doute été réciproque, car la tension entre eux était presque tangible alors qu'il roulait sur les pavés inégaux de la capitale inca, dépassant des Indiens lourdement chargés qui se dirigeaient vers le marché, chullo enfoncé jusqu'aux yeux, mollets nus et pieds chaussés de sandales confectionnées dans des pneus usagés. Ils échangèrent quelques propos anodins sur leur itinéraire et la température, il la complimenta sur la façon dont elle parlait espagnol - il disait "castillan" - et s'excusa de son manque de conversation, étant plus habitué à la compagnie des chevaux qu'à celle des jeunes femmes françaises.

Au terme d'un trajet cahotant sur un chemin empierré bordé d'eucalyptus, il franchit l'enceinte de pisé d'une sorte d'hacienda que les premiers rayons du soleil atteignaient à peine. Ils allaient se restaurer un peu avant d'entreprendre le véritable voyage. Une foule se pressa autour d'eux dès que la voiture s'arrêta dans la vaste cour sur laquelle ouvraient plusieurs bâtiments bas, et derrière laquelle on devinait plusieurs enclos. Il disparut pendant qu'un homme plus âgé la conduisait dans le bâtiment principal et la faisait asseoir près d'un feu odorant. Par la fenêtre elle vit et entendit son guide donner des instructions en langue quechua à des Indiennes aux joues roses portant d'amples jupes de lainage épais contrastant avec leurs jambes dénudées. Elles s'affairaient dans une cour intérieure, au milieu des poules et des cochons d'Inde. Il la rejoignit à l'intérieur au moment où commençait une véritable procession : thé aromatisé à la cannelle, petits pains de maïs accompagnés d'un rayon de miel et de beurre fraîchement baratté d'où perlaient encore quelques gouttes de petit lait ; puis vint du cochon d'Inde rôti, savoureuse chair tendre dans sa croûte de peau dorée, enfin des oranges et des papayes gorgées de soleil. Il mangea en sa compagnie, guettant son approbation. Elle était embarrassée d'être la cause de toute cette mobilisation, percevant très bien d'une part l'autorité de chef de son compagnon, d'autre part le désir général de lui plaire et de l'honorer. Après une dernière tasse de thé parfumé, un Indien quechua vint glisser deux mots à l'oreille du maître qui la convia à venir choisir son cheval ! Devant son air ahuri, il lui expliqua que le voyage continuait à cheval, et qu'elle avait le choix entre deux montures aussi douces l'une que l'autre. Elle le suivit au dehors, un cheval était déjà sellé pour lui ; il lui montra au loin les deux candidats, elle désigna un animal élancé à la robe ambrée ; il sauta en selle, on lui tendit un lasso, et en quelques minutes il était de retour remorquant le véhicule de son invitée, approuvant son choix. L'animal fut sellé en un tournemain et, en l'aidant à se mettre en selle, il fit taire ses inquiétudes non formulées, elle n'aurait qu'à se laisser porter. Lorsqu'ils furent prêts à partir, escortés de deux peones et de deux mules de bât, une jeune fille leur tendit deux petits verres emplis à ras bord d'un breuvage couronné de mousse. Pour avoir chaud en route, dit-il en levant son verre vers elle, pisco sour, notre eau-de-vie nationale avec du jus de citron vert et du blanc d'œuf...

Alors commença une période hors du monde et hors du temps, entre ciel et cordilière, par monts et vallées, quatre paires de créatures minuscules se mouvant dans une nature grandiose et écrasante, une leçon de modestie pour elle, la vie quotidienne pour ses compagnons. Les brefs séjours dans des communautés indigènes perdues alternaient avec les chevauchées interminables, propices à la contemplation et à l'introspection, les bivouacs dans des chapelles abandonnées, les haltes auprès de sources glacées, les nuits passionnées dans des cabanes de berger accolées à des enclos à lamas, soleil brûlant bien après son coucher. A chaque halte, quel que soit le dénuement, quelles que soient les conditions, il inspectait immédiatement les possibilités alimentaires de l'endroit, donnait quelques instructions, et des mets succulents et insolites naissaient du néant devant la Française incrédule, cuisinés sur un feu de trois branches croisées, ou sur des braises d'excréments de lama séchés. Elle découvrit ainsi un monde inconnu de maïs multicolore, de pommes de terre déshydratées par le gel pour en faciliter la conservation et le transport, de soupes aux fragrances rares d'herbes rustiques des hauts plateaux, de "chicha", bière de maïs opalescente et aigrelette - il lui apprit les "chicherias", indiquées par un petit panache d'herbes sèches ou de genêts accroché au linteau de porte des endroits où l'on pouvait se procurer la chicha. Dans les villages un peu plus importants, ils avaient droit à des festins de poulet ou de mouton, de piments frais farcis et de galettes de maïs cuites sur des pierres chauffées.

Partout elle s'émerveillait de l'importance des saveurs de la nourriture chez ces gens qui, malgré la frugalité et l'âpreté de leur vie, considéraient l'alimentation comme beaucoup plus qu'une nécessité de survie, comme un art et un plaisir qui mérite qu'on lui consacre du temps ; serait-ce là que commence la culture ?

Elle fit un reportage inspiré. Jamais encore elle n'avait eu l'occasion de pénétrer dans un univers nouveau et fascinant en apportant la clé avec elle. Et jamais encore elle n'avait été la bénéficiaire exclusive de miracles quotidiens, des miracles culinaires opérés par son farouche cavalier pour l'étrangère. Au fil des jours, elle perçut de plus en plus nettement que ce farouche cavalier-là pourrait bien avoir envie de la garder, prisonnière de ses vallées andines, de ses sortilèges gastronomiques et de sa révérence exclusive. Elle dut avoir recours au mensonge, au terme de leur tournée, pour le convaincre de la laisser repartir à Lima, promettant avec véhémence de revenir au plus tôt. Les nombreux pisco sours qui lui furent servis depuis lors eurent toujours un arrière-goût de honte pour cette basse trahison ; et jamais, jamais elle ne retrouva les saveurs uniques qu'il lui avait révélées.

Goûts

Il était marié, elle était libre et, ayant bien l'intention de le rester, cette situation lui convenait parfaitement. C'était un petit homme replet, jovial et bon vivant, à la calvitie naissante. Elle avait acquis en approchant de la trentaine un physique hors du temps et hors des modes qui tantôt la faisait passer inaperçue, tantôt attirait irrésistiblement l'attention sur elle.

Elle l'avait rencontré sur un tournage en extérieur et avait aussitôt détecté en lui l'amateur de bonne chère, gourmet, certes, mais aussi carrément gourmand. Elle avait éveillé son intérêt en étant la seule à identifier l'aïoli dans la sauce des calamars de leur premier repas de production commun et, dès leur sortie de table ce soir-là, ils ne s'étaient plus quittés. Son comportement au lit était en harmonie avec son comportement à table, il consommait avec un joyeux appétit, sans considérations métaphysiques et elle gardait de leurs ébats une impression d'agréable satiété, comme à la fin d'un bon repas pris en plaisante compagnie. Il lui fit découvrir au gré des extérieurs qui les réunissaient périodiquement les restaurants mythiques dont elle avait rêvé sans avoir jamais pu en approcher, les trois étoiles de France. Il n'hésitait pas à faire des crochets assez considérables sur leurs trajets professionnels, ne supportant pas l'idée de passer à moins de cent kilomètres des frères Troigros ou du Moulin de Mougins sans aller y prendre un repas. Elle prit goût à cette cuisine vraie et raffinée à la fois ainsi qu'au décor qui lui servait d'écrin ; elle découvrit que malgré les apparences il était fin connaisseur. Déguster le gigot d'agneau au romarin de l'Oustau de Beaumanière en face de lui était un régal non seulement pour les papilles, mais aussi pour l'esprit, car sous ses dehors d'ogre gentil il savait disserter sans le moindre pédantisme sur une foule de sujets gastronomiques fascinants. Il était ravi d'avoir trouvé en elle une consœur en gourmandise, une complice en bonnes recettes, et leurs compagnons de tournage bénéficiaient souvent de leur association. Toute une équipe technique garda longtemps le souvenir d'un tournage en Toscane par un glorieux début d'automne où le "coupez" qui mettait fin à la journée de travail était attendu avec impatience ; en effet, elle était venue le rejoindre en invitée, n'étant pas employée sur cette production, et elle avait tout le temps pendant la journée d'explorer les ressources de la région pour mitonner à ceux qui travaillaient des petits plats arrosés de crus locaux pour les repas du soir pris en commun dans la grande demeure historique dont il les avait convaincus de partager la location plutôt que d'aller bêtement à l'hôtel. Ah, la saveur et la tendreté des entrecôtes florentines grillées dans la grande cheminée et dégustées sous les fresques Renaissance qui ornaient tous les plafonds de leur résidence ?

De retour à Paris, il reprenait avec une aisance un peu cynique sa vie conjugale et routinière, elle ne s'en formalisait pas. Il inventa un moyen de rendre leurs rendez-vous chez elle un peu moins conventionnels ; celui des deux qui en avait le temps devait choisir un thème de boisson et l'accompagner des amuse-gueule les mieux appropriés. Tous deux faisaient assaut d'imagination entre le chaud et le froid, le classique et l'exotique, le traditionnel et le moderne. Elle parvint même à l'étonner le jour où elle lui servit de l'hydromel avec du pain d'épice et il la fit franchement rire quand il se présenta à la porte de son appartement en kimono, une bouteille de saké sous le bras. A l'heure où il la quittait, elle considérait avec satisfaction les reliefs de leur festin, draps froissés, miettes intéressantes et verres vides... Leurs après-midis clandestins prenaient ainsi une tout autre dimension.

…Cette alternance de voyages et de cinq-à-sept, de plaisirs de la table et de plaisirs du lit dura deux bonnes années au cours desquelles il prit quelques kilos, elle pas. Le jour où, entre une gorgée de sauternes et une bouchée de canapé au foie gras, elle eut un pincement au cœur en l'entendant énoncer le menu que sa femme devait être en train de préparer pour les amis que le couple recevait ce soir-là, elle comprit qu'il était temps de mettre un terme à leur relation. Il en fut sincèrement surpris et peiné et tenta de la faire revenir sur sa décision devant un aquavit glacé et des filets de canard fumé de la Maison du Danemark.

Rien n'y fit, elle accepta un tournage de trois mois en Afrique et ne le contacta pas au retour. Elle en ressentit un vide passager mais eut tôt fait d'éliminer toute trace d'amertume des évocations fréquentes de son gourmet-gourmand. Il avait complété son éducation et enrichi sa conversation et elle avait presqu'envie de se lécher les babines chaque fois qu'elle pensait à lui. En tout cas, elle ne manquait pas de lever in petto son verre à sa santé quand elle se trouvait attablée devant un repas qu'il aurait apprécié ou assise dans un restaurant qu'il lui avait fait découvrir.

Goût de vivre

Elle s'acheminait à grands pas vers la quarantaine, il venait tout juste de l'atteindre. Au cours de sa vie aventureuse elle avait récolté quelques bleus à l'âme mais n'en avait pas pour autant perdu son goût de vivre. Il était en vacances en France lorsqu'elle fit sa connaissance. Il se remettait à peine d'un divorce récent. Il était grand, mince et distingué, et elle tomba sous le charme de sa galanterie un peu surannée. Il l'invita dans des restaurants à la mode dont, par sympathie, elle ne lui dit pas ce qu'elle pensait. Celui-là au moins ne la mènerait pas par le bout de la fourchette. Elle avait besoin de repos et pour une fois éprouvait l'envie d'être prise en charge, elle se laissa donc facilement convaincre de venir le rejoindre dans son paradis tropical dès qu'elle en aurait l'occasion.

En posant le pied sur son territoire quelque temps plus tard, elle aborda un monde qu'elle croyait révolu. Un monde post-colonial dont le "post" était très peu perceptible dans le milieu où il évoluait, un monde aux couleurs tranchées, surtout un monde de maîtres et de serviteurs où les rôles étaient parfois inversés. Car il avait un cuisinier ! Ce petit homme noir régnait en maître sur la cuisine et sur l'estomac de son employeur. Il lui remettait chaque matin une liste de courses dont "bwana" s'acquittait scrupuleusement et sans discuter, ne s'étonnant pas que de telles quantités de poulet, d'œufs, de sucre et de beurre puissent être ingurgitées par lui seul chaque semaine. Le petit homme noir produisait des repas à heure fixe, sans s'enquérir des désirs ou des envies de l'homme blanc ; son répertoire était assez limité et, pour être toujours prêt à temps, il n'hésitait pas à tout préparer des heures à l'avance, conservant les plats au chaud dans le four allumé presqu'en permanence. Ce fut ainsi qu'elle eut droit à des grillades desséchées, à des poissons qui se réduisaient en miette au moment d'être servis, à des petits pois rabougris et à des omelettes caoutchouteuses. Son compagnon, quant à lui, mangeait docilement tout ce qui était posé devant lui, du moment que l'assiette atterrissait à l'heure et par le bon côté... Etant par ailleurs traitée comme une reine, elle aurait pu se contenter de jouir pleinement de ce séjour doré en compensant ses frustrations culinaires par de fréquentes sorties au restaurant. Mais elle considéra vite que son hôte avait trop d'autres qualités pour qu'elle se désintéressât de son éducation gastronomique.

Elle décida donc de prendre les choses en main. C'était compter sans le titulaire du poste ! Il opposa une résistance polie mais farouche à ses premières tentatives d'interférence et elle dut bien vite mettre en place un programme de pénétration insidieuse et d'apprivoisement progressif. Elle demanda d'abord au maître-queux de l'initier au langage local tout en vaquant à ses occupations. Il accepta sans méfiance et avec une certaine fierté. Une fois dans la place, elle se permit quelques suggestions sur la manière dont il préparait ceci ou cela. Elle se dit qu'elle était sur la bonne voie le jour où il la laissa prendre les casseroles pour la première fois. Encouragée par le fait que le destinataire des menus notait une différence certaine, tout en ignorant la guerre qui se livrait à la maison pendant qu'il était au bureau, elle décida de persévérer, malgré les manœuvres dissuasives de son adversaire qui, ayant accepté de la laisser parfois cuisiner, saisissait prestement chaque ustensile qu'elle posait temporairement, le lavait, le séchait et le rangeait. Elle ne fut pas rebutée par le jeu et le jour où il lui demanda de lui enseigner sa façon de cuisiner, elle sut qu'elle avait gagné. Le maître des lieux se mit à donner des dîners, ayant désormais de quoi recevoir dignement. Leur premier enfant naquit peu après que le cuisinier devenu allié eût maîtrisé l'art de la daube provençale... il ne fut d'ailleurs pas le dernier à se réjouir de l'arrivée de cette nouvelle bouche à nourrir !

La visite

Callao, 1966.

Le ciel plombé et la mer grise se confondent... La ligne de la côte est des plus indistinctes dans la lumière blafarde et jaunâtre de huit heures du matin, en cette fin d'hiver austral. En guise de senteur d'épices exotiques, c'est une insistante odeur d'anchois qui flotte dans l'atmosphère lourde d'humidité. Il paraît qu'il ne pleut jamais sur cette côte. Mais les gouttelettes d'un crachin micronisé sont perceptibles au visage et aux mains nues.

Les quelques passagers qui sont sortis sur le pont pour assister à l'arrivée évitent le contact avec le bastingage luisant. A mesure que le paquebot approche, d'autres voyageurs se joignent au premier groupe. Les uns ont une expression perplexe et quelque peu désabusée, les autres affichent un sourire ravi, attendri et impatient.

Le littoral est maintenant assez proche, les hangars du port sont visibles. Des pélicans posés sur la mer glauque montent et descendent avec la houle. Claire retourne s'assurer une dernière fois que ses bagages sont prêts à être déchargés et qu'elle n'a rien laissé dans la cabine. Marta, sa compagne de traversée, donne une dernière touche de maquillage à son fin visage basané. Elle revient d'Italie où elle a fait semblant de faire quelques études et rentre en Bolivie pour épouser un riche propriétaire terrien ami de sa famille... Nul doute qu'elle retournera souvent en Europe, mais par avion, se dit Claire. Elle appartient à la classe dont les épouses vont faire leurs emplettes à Buenos Aires deux fois par an, et au théâtre à Rome ou à Paris chaque fois que leur mari peut les accompagner. Le reste du temps, elles règnent sur des armées de serviteurs aux joues brûlées par le froid et le soleil d'altitude, et reçoivent leurs semblables dans leur hacienda pour des parties de bridge ou des thés interminables et stériles. Marta n'a jamais vraiment pu concevoir ce que Claire venait faire ici, et Claire a vite renoncé à lui faire comprendre qu'elle avait épuisé l'intérêt de sa vie parisienne d'étudiante prolongée, de ses aventures sans lendemain, et que pour elle le salut était dans la fuite. Pourquoi au Pérou ? Parce que Titicaca était un des mots qui la faisaient rêver dès qu'elle avait su lire, parce que les Incas la fascinèrent dès qu'elle en connut l'existence, et parce qu'à la Cité Universitaire elle avait fait la connaissance d'un groupe d'étudiants péruviens à la chaleur mélancolique qui l'avaient adoptée d'emblée en lui disant qu'elle ressemblait à une "cholita". Et ma foi, avec ses cheveux brun foncé et lisses, ses pommettes hautes et ses yeux légèrement bridés, on l'imaginait bien en chapeau melon. Lorsqu'elle avait envisagé de partir, le Pérou avait été choisi tout naturellement.

Et la voilà à présent prête à quitter ce bateau, munie de quelques adresses et de messages divers. Elle ira d'abord poser ses valises à la pension que Lucho lui a indiquée et où elle a réservé une chambre, puis elle avisera. Lorsque les amarres sont attachées, la passerelle en place, et que les autorités montent à bord, une vague d'appréhension envahit la jeune femme. Verra-t-elle jamais le soleil qui est l'emblème de ce pays ? Elle chasse cet instant de découragement et décide de se laisser porter docilement par les événements avant de formuler des jugements. Elle se joint au troupeau des passagers qui débarquent, présente les documents demandés, répond aux questions posées, et après un nombre impressionnant de tampons apposés d'une poigne énergique sur un nombre impressionnant de papiers, elle se retrouve à la sortie de la gare maritime, laissant derrière elle la coque désertée de sa population temporaire qui a été son univers pendant trois semaines.

A l'extérieur se presse une foule bruyante sinon colorée d'où émergent, seuls points fixes ou presque, quelques panneaux portant des noms d'hôtels, d'agences de voyage ou de personnes, les uns peints, les autres écrits à la craie. Contraste dans le face à face entre ces personnages en lainages sombres, gesticulant et jouant des épaules, et les passagers débarqués, désorientés, scrutant les visages qui leur font face ou se demandant visiblement vers où diriger leurs pas. De temps en temps, parmi ces derniers, un visage s'éclaire et c'est une course folle dans la cohue vers des bras tendus ; on s'exclame, on s'embrasse, on s'assène de grandes tapes dans le dos, puis on se souvient des bagages et on décide de s'en occuper avant de se laisser emmener.

Claire, plantée au milieu de cette agitation, ses valises près d'elle, regarde tout ce monde sans le voir ; de temps en temps elle baisse les yeux vers ses bagages, se souvenant des recommandations de ses amis péruviens : ne jamais les quitter du regard, ils peuvent disparaître à tout moment. Soudain, à sa grande surprise, elle aperçoit un carton sur lequel figure son nom. Incrédule, elle ramasse ses valises et se dirige vers l'homme entre deux âges, de type métis, vêtu d'un costume gris qui a connu des jours meilleurs porté sur un chandail à col roulé ; un "cholo", selon la description détaillée de Pedro à Paris. La voyant approcher, l'homme se précipite : « Señorita X ? El señor Chavez n'a pas pu venir et je suis son beau-frère. Je suis chauffeur de taxi et il m'a demandé de venir m'occuper de vous. On ne pouvait pas laisser la francesita amie de son fils arriver toute seule. Il est désolé de ne pas pouvoir vous loger parce que la maison est en travaux, mais je vais vous conduire à votre hôtel et puis plus tard à la maison pour déjeuner et parler del chico. »

Elle ne sait que répondre à cette manifestation inattendue de l'accueil chaleureux dont elle a entendu parler, mais tout de même, des inconnus qui se dérangent à ce point uniquement parce qu'elle a connu leur fils... Elle se laisse entraîner par l'homme qui a saisi ses bagages et la précède fièrement au milieu des appels – taxi ? taxi ?

Le taxi est là, une vieille voiture américaine rutilante mais copieusement cabossée, l'intérieur tenant à la fois du boudoir et de la chapelle ardente. Pepe – c'est ainsi qu'il l'a priée de l'appeler – dépose avec précaution les valises dans le coffre qu'il referme à l'aide d'un fil de fer, tandis que Claire s'installe à l'avant dans une plainte de ressorts. Pepe, tout souriant, se glisse derrière le volant et après plusieurs tentatives, parvient à démarrer.

Le véhicule, évitant d'innombrables trous dans la chaussée, longe des étendues de bidonvilles poussiéreux d'où émergent des enfants bruns au nez qui coule. Puis les bâtiments deviennent des cubes de béton souvent inachevés bien qu'habités, et toujours la poussière et la grisaille. D'embranchement en embranchement, la circulation se fait plus dense et Pepe doit se frayer un chemin entre les guimbardes et les autobus poudrés de gris à grand coup du plat de la main sur l'extérieur de sa portière, imprimant un violent mouvement de pendule à la chaussure d'enfant accrochée au rétroviseur et faisant clignoter la veilleuse allumée devant une effigie de sainte locale. Pepe nomme de temps en temps un quartier ou un édifice sans même leur accorder un regard, de même qu'il se signe automatiquement en passant devant chaque église, chapelle, oratoire ou calvaire sans en oublier un seul !

Tout le trafic semble à présent converger vers une place à l'architecture harmonieuse avec ses balcons ouvragés et son terre-plein central. Un agent de police assure la circulation sans un geste. Il se contente, pour modifier le flot des véhicules, de tourner son corps de quatre-vingt-dix degrés en émettant un curieux sifflement bref et péremptoire à l'aide d'un sifflet pincé entre ses lèvres. De grands oiseaux couleur d'anthracite se posent sur les toits, descendent parfois en piqué et remontent avec une proie quelconque. Surprenant le regard de Claire, Pepe explique : « Gallinazos, señorita, ce sont les éboueurs de Lima ». Lugubres, les éboueurs, pense Claire, mais certainement préférables aux rats...

Enfin, ils parviennent à ce qui ressemble à un centre de ville avec de vraies rues, de vrais magasins, de vrais feux de circulation, un mélange de bâtiments anciens au charme colonial et d'édifices modernes sans grand caractère. L'hôtel appartient à cette dernière catégorie et ouvre sur une rue bruyante et sombre. Mais tout est sombre... La surprise est d'autant plus grande pour Claire, lorsqu'elle est conduite à sa chambre, de découvrir de sa fenêtre un havre de paix, le jardin intérieur de la maison voisine sur laquelle donne l'arrière de l'hôtel, insoupçonnable de l'extérieur. Pepe lui a accordé une heure pour s'installer. Elle fouille ses bagages à la recherche de photos où Eloy figurerait. Elle n'a rien à offrir à ces gens, elle ne s'attendait pas... elle leur montrera au moins ces images...

A dix heures trente précises, le taxi et son chauffeur se présentent. Elle trouve qu'il est bien tôt pour aller chez des gens qui vous ont invitée à déjeuner, mais Pepe est formel, on veut la voir, on a tellement à se dire, et on ne va pas la laisser seule le premier jour. Elle se laisse conduire : d'autres rues grouillantes de monde, des autobus, des voitures américaines bourrées de passagers qui montent et qui descendent à chaque coin de rue – les taxis collectifs, explique Pepe. Puis les magasins deviennent moins nombreux, les maisons plus modestes, un étage maximum, des parallélépipèdes colorés ou non, aux toitures plates où sèche du linge, des rues fréquentées par des marchands ambulants. Que vend-il, ce colosse noir qui tient un pliant sous un bras et de l'autre main équilibre sur sa tête un immense plateau de bois sur lequel on aperçoit une montagne de pâte blanche piquée de billes de sucre multicolores ?

- Dulce limeño, señorita, une friandise locale. Vous voulez goûter ?

- Non merci, pas aujourd'hui...

« C'est ici », déclare Pepe en se rangeant devant un chantier hérissé de fers à béton. En effet, c'est en travaux, pense Claire. Il la précède dans un dédale de parpaings, planches-passerelles et bacs à ciment en criant : « Teresa, Teresa, ya llegó ! » Et derrière le chantier, une vraie cour intérieure fleurie et pleine de cages d'oiseaux sert d'écrin à une petite femme sans âge, de type indien, tout le portrait de son fils ; elle s'essuie les mains à son tablier et accueille Claire comme une parente chère que l'on voit trop rarement. Elle se confond en excuses : son mari a décidé d'agrandir la maison, alors on vit dans la cour et la pièce du fond en attendant la fin des travaux. Pepe s'éclipse et Claire se retrouve assise dans un fauteuil d'osier, une tasse de thé fort et parfumé à la cannelle à la main. Elle apprend que le mari, la fille aînée et Pepe se joindront à elles à l'heure du repas, ainsi que Carmencita, la "novia" qu'Elito a laissée derrière lorsqu'il est parti étudier à Paris.

Tout en posant à Claire un tas de questions sur elle-même, son voyage, sa vie à Paris, Teresa s'affaire devant elle à des préparatifs culinaires. Elle coupe avec dextérité toutes sortes de légumes, broie des grains de maïs sur une grosse pierre plate à l'aide d'une grosse pierre ronde, véritable combiné de cuisine à elle toute seule. Petit à petit prend forme un repas de plusieurs plats, élaboré de A à Z à la main sans avoir l'air d'y toucher. Les cuissons se font sur un réchaud à pétrole sur lequel Claire aurait du mal à faire cuire un œuf !

Teresa bavarde en évitant le sujet d'Elito, pour n'en parler que lorsque tout le monde sera présent. Toutefois, après s'être assurée que la fricassée de canard n'avait pas besoin de surveillance, elle entraîne Claire dans une petite pièce intérieure.

- Sa chambre, dit-elle en la tenant par le bras.

Un bref coup d'œil circulaire, le lit étroit, la penderie exiguë, la table de travail encombrée de petites céramiques, les rideaux en tissage local, et les murs couverts de trophées, affiches, fanions, photos et chapeaux, le Che en bonne place, oui, c'est bien sa chambre, il est là partout… Il est évident que cette pièce est soigneusement époussetée tous les jours, comment ne pas voir un seul grain de poussière au milieu des travaux ? La seule trace de l'absence de l'occupant est l'ordre et la seule suggestion de sanctuaire est le vase de fleurs fraîches posé à côté d'une photo encadrée d'Eloy souriant de toutes ses dents blanches au photographe du quartier. « Ici, c'est le fanion de son équipe de foot-ball… et là, c'est la photo que nous avons insisté à lui faire prendre avant de partir… Il a fini par accepter pour nous faire plaisir, mais il disait que les photos posées c'est bon pour les ancêtres ou les villageois… »

En ressortant de la pénombre de la chambre, Claire cligne des yeux : la luminosité des nuages gris a augmenté sensiblement et l'atmosphère est moins humide, la température plus agréable – la chaleur de midi !

Teresa met la table, dispose les sièges, jette un dernier coup d'œil à ses marmites et disparaît quelques minutes. Elle revient sans tablier, repeignée et avec un soupçon de rouge à lèvres. Un brouhaha de voix et de planches piétinées se fait entendre, et du chantier qui sépare la cour de la rue font irruption en file indienne un géant souriant et grisonnant, sa réplique juvénile et féminine, une gracile métisse et Pepe qui ferme la marche avec une bouteille de vin chilien. Les présentations ne sont pas nécessaires : Don Francisco a la même lueur malicieuse dans le regard que son fils qui pourtant est fait sur le modèle de sa mère. Charo, sa fille aînée, déborde de vitalité et on se demande comment elle supporte son emploi de bureau au ministère du Travail. Quant à Carmencita, ravissante et menue, elle est tout à fait la compagne que Claire avait imaginée pour Eloy. Elle est visiblement émue et ses grands yeux noirs sont pleins de larmes.

Francisco prépare des pisco sour – oui, Claire connaît, elle en a goûté à Paris car chaque Péruvien en provenance du pays apportait sa bouteille d'eau-de-vie et quelques citrons verts. Dès que tout le monde a porté un toast à l'absent et à la nouvelle arrivée, et trempé les lèvres dans la mousse du cocktail, c'est un déferlement de questions. Comment vivait-il ? Parlait-il de sa famille, de sa fiancée, du Pérou ? Qui étaient ses amis ? Teresa sort de sa poche une lettre d'Elito racontant la Cité Universitaire, la Faculté de Médecine, les soirées de guitare et la venue de Claire. Claire montre les photos de la soirée costumée où le jeune Péruvien était habillé en Mexicain et disparaissait presque sous le sombrero gansé d'argent…

Et le repas se déroule, animé et savoureux. Claire redoute le prochain sujet, mais c'est tout naturellement qu'on lui demande quand elle l'a vu pour la dernière fois. Etait-ce longtemps avant ?… Non, la veille de son départ à lui ; il était ravi d'avoir pu économiser assez d'argent pour aller camper en Allemagne avec des amis. Claire lui avait prêté un sac à dos, car il n'en avait pas… Et comment a-t-elle su ? En rentrant de vacances, par Claude dont Eloy partageait la chambre à la Cité… Non, il n'avait jamais appris à nager, et il n'osait probablement pas l'avouer… Claire ne le savait pas…

Elle ne leur dira jamais qu'il ne s'était jamais inscrit à la Fac, qu'il n'avait jamais été admis à la Cité Universitaire mais y vivait en parasite chez les uns et les autres, qu'il subsistait en cigale, gagnant quelques sous ici et là en jouant de la guitare le soir dans les cabarets sud-américains, il disait qu'il aurait bien le temps de se mettre au travail plus tard… Elle ne leur dirait jamais non plus qu'elle avait pleuré toutes les larmes de son corps et vécu hagarde pendant presqu'un mois après avoir appris la noyade accidentelle dans un lac bavarois de ce petit frère insouciant.

« Son dessert favori », dit Carmencita d'une petite voix, en baissant son regard mouillé vers sa coupe de glace à la pomme-cannelle.

Santa Ana

-1-

Don Manolo vient... C'est ce que mon père a annoncé quand il est rentré de Paucartambo, hier soir. Il était tellement excité que c'est la première chose qu'il a dite à sa descente de cheval. Il a donné les rennes à Quispe, et avant même d'enlever son chapeau et son poncho de voyage, il nous a appris la nouvelle. Il paraît qu'il est déjà arrivé à Lima, don Manolo. Il faut envoyer les chevaux à Paucartambo dans une semaine et deux jours plus tard ils seront ici. "Ils" c'est parce que don Manolo vient avec sa femme, cette fois-ci, et leur petit garçon, et que don Pepe en profite pour venir aussi, avec des gens - il va y avoir de l'animation, à l'hacienda, et ça va être la panique avant leur arrivée, j'en suis sûr... le señor Lucho et la señora Meche vont avoir plein de travail. Et moi, je vais avoir de la distraction, tant mieux... Parce qu'il y a plusieurs mois qu'il n'y a pas eu un seul visiteur et que la dernière fois que je suis parti d'ici, c'était pour aller voir le docteur à Paucartambo quand j'avais été mordu par un chien errant...

Don Manolo, c'est l'aîné des trois frères, celui qui habite en Amérique du Nord. Mon père dit que sans lui, il ne sait pas comment nous survivrions tous. Mon père a toujours dit que cette hacienda, elle peut nourrir un fils et sa famille, mais certainement pas trois. Alors heureusement que don Manolo gagne beaucoup d'argent là-bas en faisant l'ingénieur, et qu'il en envoie ici. Le señor Lucho, c'est le plus jeune, et c'est lui qui s'occupe de l'hacienda. Je l'aime bien, le señor Lucho, il est gentil et la señora Meche aussi. Mon père dit que si tous les hacendados étaient comme lui, il n'y aurait pas tous ces problèmes qu'on entend, où les campesinos se sont révoltés contre leur patron. Le señor Lucho, il travaille comme les autres, dur, et en plus il faut qu'il s'occupe des comptes et des papiers. Le matin il est le premier dehors pour aller aux champs avec les hommes, et le soir sa lanterne reste allumée très tard, quand tout le monde dort déjà. La señora Meche, c'est sa femme et tout le monde l'aime. Dommage qu'elle soit obligée de passer beaucoup de temps à Paucartambo avec ses deux enfants à cause de l'école. Avant, quand les enfants étaient petits, elle était toujours ici, mais depuis l'an dernier, elle vient seulement aux vacances et quand on a vraiment besoin d'elle, comme quand le señor Lucho était tombé malade. Moi, je ne vais pas à l'école à Paucartambo... Pourtant j'ai largement l'âge, mais nous avons une institutrice ici, pour tous les enfants de l'hacienda. Je suppose que la señora Meche veut que ses enfants puissent plus tard aller en Amérique du Nord comme don Manolo, c'est pour ça qu'elle les envoie à une vraie école. Nous, nous n'irons nulle part de toute façon, et notre institutrice nous apprend à lire, à écrire, à calculer et à parler espagnol ; aux plus grands elle apprend l'histoire et la géographie, à tous le catéchisme, et puis à reconnaître les plantes, à dessiner et à chanter.

...Mais je ne me suis pas encore présenté... Je m'appelle Jésus Flores, j'ai dix ans, et je vis à l'hacienda Santa Ana, dans le district de Paucartambo du département de Cuzco, au Pérou. J'y suis né en 1955, mon père aussi, mes deux petites sœurs aussi. Mon père, c'est le personero. C'est lui le chef des employés de l'hacienda, le señor Lucho l'appelle son bras droit ; ça me fait rire parce que le bras droit du señor Lucho est tout maigre, comme le gauche, d'ailleurs, alors que mon père est plutôt très costaud. Mon père s'appelle Tomas Flores, et il est responsable des vingt-cinq familles qui vivent ici et travaillent pour les Nuñez. Il est aussi responsable des animaux des Nuñez, des cultures, de tout, quoi. Ce qui est bien ici, c'est que tous les hommes sont employés et reçoivent de l'argent chaque mois, mais en même temps chaque famille a un peu de terrain à cultiver pour elle et peut avoir quelques bêtes. Moi, j'aide ma mère à s'occuper de notre maïs et des pommes de terre, et mes sœurs sont chargées des poules et des cochons d'Inde. D'autres familles ont quelques alpagas pour la laine ou des lamas pour le transport. Même que des fois ils les louent au señor Lucho quand les mulets ne suffisent pas.

L'hacienda est très grande, les terres, je veux dire... Elles couvrent presque deux montagnes et deux vallées et il faut une journée entière pour en faire le tour à cheval. Mais j'entends toujours dire que ce n'est pas une hacienda riche. Les terres sont trop en pente pour faire de grandes cultures et c'est trop sec pour élever beaucoup d'animaux. Moi, je trouve quand même qu'il y a de beaux grands champs de blé et de maïs, il y a aussi plein de petits champs de pommes de terre sur les terrains très en pente, et des légumes par-ci par-là. Il y a quelques vaches pour le lait frais de la famille, mais elles ne sont pas grasses. Les moutons, eux, sont très présentables. La basse-cour est grande et il y a un verger près de la maison. J'en reparlerai, des maisons. Je veux d'abord en dire un peu plus sur les deux frères du señor Lucho, don Manolo et don Pepe.

Don Manolo, on l'appelle don et c'est normal, parce qu'il est l'aîné et c'est lui le vrai patron depuis la mort du père, il y a longtemps, avant ma naissance. Depuis que je suis né, il est venu une seule fois, j'avais quatre ans et c'était son voyage de noces. Il a épousé une “gringa” très pâle, avec des cheveux presque sans couleur ; ils sont restés un mois mais ce dont je me souviens le mieux, c'est la fête qui avait eu lieu pour souhaiter la bienvenue à la novia, et aussi qu’il avait apporté une machine à faire l’électricité. Parce qu’évidemment ici, au fin fond de la sierra, il n’arrive aucun fil électrique sur des poteaux. Ils s’arrêtent à Paucartambo. Pour la lumière, nous avons des bougies ou des lampes à huile, ou un feu de bois, et les patrons ont aussi des lanternes qui font une lumière blanche en sifflant. Et pour la cuisine, on brûle du bois ou des crottes de lama séchées. J’aime bien quand on brûle des branches d’eucalyptus, ça sent bon... Pour les travaux, les seules machines sont les hommes et les animaux. Nous n’avons non plus ni autos ni camions, puisqu’il n’y a pas de route...

Donc, la machine à faire l'électricité était arrivée en plusieurs colis très lourds, avec un mécanicien de Cuzco qui était venu tout exprès pour assembler les morceaux, et aussi des bidons d’essence, parce que la machine en a besoin pour éclairer. Tout le monde était venu voir quand le mécanicien a eu fini son travail et qu'il allait essayer l’engin. Il y avait des fils qui allaient à des lampes ; le mécanicien, don Manolo et le señor Lucho s’agitaient autour de la machine - ça s’appelle un groupe électrogène. Ils ont vidé un bidon d’essence dedans, puis ils l’ont mise en marche. Ça a fait beaucoup de bruit, puis on a vu que les lumières s’allumaient et tout le monde a applaudi et poussé des acclamations. Mais le groupe électrogène n’a pas vraiment changé notre vie. Plus tard j’ai su par mon père que le señor Lucho disait que ça ne servait à rien d’avoir un groupe électrogène s’il fallait transporter l’essence à dos de mulet, que c’était bien une idée de gringo. Mais don Manolo avait l’air ravi. Il a fait installer des lampes dans la maison, et tant qu’il était là, ou presque parce que la provision d’essence s’est épuisée avant, il le faisait mettre en route tous les soirs, le groupe électrogène, pour avoir des lumières à l'intérieur. Moi je crois que c'était surtout pour épater sa gringa, et nos gens ajoutent que ça tuait les sons de la nuit.

L'autre frère, c'est don Pepe qui vit à Lima. Don Pepe, on l'appelle don mais je ne sais pas pourquoi. Il paraît qu'il est artiste et que c'est pour cette raison qu'il a droit au respect. D'abord il peignait des tableaux, il y en a un grand dans la maison des patrons. Après il s'est mis à prendre des photographies ; le señor Lucho avait un jour apporté un magazine où il y avait son nom, à don Pepe, José Nuñez, imprimé à côté d'une grande photo de femme – une Indienne quechua qui ressemble à ma mère. Et maintenant, il fait du cinéma, don Pepe. Je ne sais pas si ce qu'il fait est comme ce que le camion montre à Paucartambo sur le mur blanc de la mairie, je ne sais pas si c'est difficile, en tout cas c'est ce qu'il fait. Don Pepe n'est pas marié et j'entends dire qu'il change souvent de fiancée... Il est venu plusieurs fois à l'hacienda, il prend des photographies de tout et il passe des heures et des heures à faire raconter des histoires aux vieux de l'hacienda. La dernière fois qu'il est venu, il avait apporté une sorte de grande boîte dans un étui en cuir qu'il portait en bandoulière. Il a rendu visite à Catalina Huanca, notre doyenne qui connaît toutes les histoires de l'hacienda et du pays ; il a posé sa boîte devant elle, il y a mis plein de piles comme dans la radio du señor Lucho, ça a fait tourner des rouleaux à l'intérieur. Quand Catalina parlait, il tenait un objet noir devant elle. Et quand elle a eu fini de raconter, la boîte a répété avec sa voix tout ce qu'elle avait dit ! C'est elle-même qui m'a rapporté tout ça et elle ne ment jamais. Elle a eu une peur folle et elle a vite essayé sa voix pour être sûre qu'il lui en restait... Comme elle pouvait encore parler, elle a été rassurée. Après, tous les vieux voulaient parler dans la boîte... Alors don Pepe a réuni les meilleurs musiciens, et un soir il leur a fait jouer de la quena et du bombo en tenant le truc noir devant eux, et la machine a rejoué exactement tous leurs morceaux en reproduisant même le bruit de leur respiration. Depuis, Teresa l'institutrice a expliqué aux plus grands que la machine s'appelait un magnétophone, que c'était comme un appareil de photos qui prendrait les bruits au lieu des images...

J'aime bien quand il y a des visiteurs à l'hacienda, ils ont toujours des choses que nous n'avons jamais vues, et puis la vie est assez chamboulée, il y a toujours au moins une fête quand ils arrivent et une fête quand ils partent, le grand four est allumé plusieurs fois par semaine au lieu d'une seule, ils organisent des pique-niques et il faut les accompagner pour s'occuper des chevaux ; mon père se plaint que ça perturbe les travaux quotidiens, mais moi je ne m'en plains pas... Parce qu'en plus, ils apportent toujours des cadeaux pour les enfants de l'hacienda, les visiteurs, quels qu'ils soient... Des bonbons à chaque fois, et parfois des crayons de couleur et des images à colorier. J'imagine tout ce qui va se passer à Santa Ana avant l'arrivée des visiteurs. Ça tombe bien, la señora Meche et les enfants arrivent demain car les vacances ont commencé. Il va y avoir grand nettoyage de l'aile de la maison qui ne sert pas souvent, les femmes vont sûrement être embauchées pour aider à faire les vitres, laver les tapis et les couvertures, aérer les placards. On va aussi briquer les harnais des chevaux, leur faire une grande toilette, récurer les écuries et les remises. On va tuer des volailles et les plumer, récolter le miel, sélectionner les fromages prêts à être consommés, préparer du blanc-manger et des alfajoles[1], envoyer quelques enfants au fond des ravins pour cueillir des mûres et des physalis. On va compléter la provision de bois pour le feu. Nos familles vont mettre le

[1] Pâtisseries sablées garnies de blanc-manger

maïs à fermenter pour la chicha et sortir les ponchos et les chullos[2] neufs. Nos femmes vont vite terminer les tissages en cours pour le cas où la gringa voudrait en acheter - tiens, je devrais finir le tricot que j'ai commencé... La maîtresse va nous faire décorer l'école et apprendre une chanson. La chapelle va être ouverte et astiquée, et la grande statue de santa Ana va être dépoussiérée et revêtue de ses beaux atours. La señora Meche lui mettra ses boucles d'oreilles qui sont de vraies perles et qu'on ne lui laisse jamais après la fête votive, parce qu'elles seraient peut-être volées. On va cueillir des brassées de genêts pour la chapelle et sortir les belles bougies qui viennent de Cuzco.

-2-

Bien avant le jour, Mercédès, que tout le monde appelle Meche, a entendu les sabots des chevaux retentir sur les pavés de la cour. Elle se prépare avant de réveiller les enfants. Walter peut commencer à charger les provisions sur la mule de bât. Il y en a beaucoup plus que de coutume, à cause des visiteurs. Conserves, vin chilien, piles électriques, viande de bœuf et de porc, des denrées dont on se passe facilement en temps normal, mais indispensables aux citadins. Mercédès aime la vie frugale de l'hacienda et n'est pas terriblement enthousiasmée à la perspective de l'invasion qui se prépare. Mais Lucho et les enfants se réjouissent à l'idée de voir le clan Nuñez réuni à Santa Ana, alors elle s'en réjouit aussi.

Une fois habillée, Mercédès boit le thé brûlant à la cannelle que lui a préparé Pancha et sort sur le balcon. La maison de Paucartambo se trouve tout près de la Place d'Armes, et son architecture est semblable à celle de

[2] Bonnet tricoté à oreilles

toutes les autres bâtisses avec lesquelles elle fait corps : un quadrilatère à deux étages ouvrant sur une cour intérieure - murs blanchis à la chaux, portes et fenêtres peintes en bleu, toitures bien pentues couvertes de tuiles rondes. Les ouvertures donnant sur la rue sont rares et plutôt étroites, la vie se tournant vers l'intimité relative de la cour : magasins à provisions, écuries, remises et habitations des serviteurs au rez-de-chaussée ; la famille vit à l'étage, auquel on accède par un escalier extérieur qui se prolonge par un balcon couvert par une avancée de la toiture ; ce balcon court sur trois côtés de la cour et toutes les pièces d'habitation ouvrent dessus, tournant le dos à la rue.

Quand Mercédès pénètre dans la chambre des enfants, Luchito est déjà en train de s'habiller et Anita est bien éveillée. Tous deux ont hâte de retrouver la liberté de l'hacienda, les longues journées sans entrave passées avec les enfants de là-bas en pleine nature avec, en plus, cette fois, la fièvre que procure l'arrivée des oncles et leur suite. Mercédès est obligée de tempérer leur ardeur, il est encore trop tôt pour partir, d'ailleurs on va faire la halte habituelle à Las Velas, l'hacienda amie qui se trouve en route, et où l'on s'arrête traditionnellement pour la soirée et la nuit, ce qui permet d'arriver à Santa Ana frais et dispos le lendemain vers midi. La chevauchée au pas lent mais sûr des montures n'est pas vraiment fatigante, mais elle est longue et l'on y est soumis à des extrêmes de température : froid à l'ombre, chaud au soleil, à tel point qu'il est difficile de dire si les habitants des Andes ont les joues rougies par le froid ou brûlées par le soleil. Ce dernier est déjà bien au-dessus de l'horizon quand le petit convoi s'ébranle. Mercédès porte sa fille en croupe, Luchito monte seul, Walter tire derrière sa monture la mule de bât qui disparaît sous les baluchons. Les voyageurs grignoteront les petits pains de maïs et les fruits qu'ils ont emportés sans descendre de cheval, pour ne pas rompre la cadence, et ne mettront pied à terre qu'en milieu d'après-midi en arrivant à Las Velas. Mercédès adore ce trajet, parenthèse bienvenue dans la routine quotidienne, elle n'a qu'à se laisser bercer, laisser ses pensées vagabonder de vallon en crête, d'herbe brûlée en ciel d'un bleu intense. Une cure de sérénité avant de préparer Santa Ana à l'agitation de la semaine prochaine. Elle ne se lasse jamais de ce parcours, alternance de passages encaissés et escarpés en suivant le torrent, et de grands espaces lorsque la montée s'achève et que l'on débouche sur les hauts plateaux d'où la vue, par temps clair, s'étend jusqu'aux lointains bleutés de la forêt amazonienne. Il lui plaît alors de penser que le sol que foule sa monture, l'air qu'elle respire et les truites du torrent sont semblables à ceux qui régnaient dans les mêmes lieux des milliers d'années auparavant, et que seuls les chevaux ne sont pas antérieurs à l'arrivée des hommes hirsutes en armure dont elle descend ainsi que la famille de son mari.

...Son mari, Lucho, ami d'enfance, compagnon de classe à Cuzco, Lucho dont la famille s'était installée à Lima et qui avait préféré rester dans la sierra, Lucho qui avait peur qu'elle s'y ennuie, alors que c'était la grande ville qui lui répugnait. Elle y allait le moins souvent possible... Un sourire rêveur erre sur son visage, un sourire de femme en harmonie avec son existence.

L'ombre royale d'un condor lui fait lever les yeux vers le ciel sans nuages.

-3-

La maison familiale des Nuñez à Lima ressemble à toutes les autres maisons traditionnelles du Miraflores des années soixante, où l'espace n'est pas encore un luxe, où la pluie est un événement qui mérite la première page des journaux, où regrouper plusieurs générations sous le même toit est plus important que cultiver des roses. C'est donc un parallélépipède sans étage, dont l'un des petits côtés est bordé par une rue paisible, proche de l'avenue Aréquipa. Les bâtiments occupent presque toute la superficie du terrain. Tout autour de la maison, un étroit espace est réservé à une plate-bande fleurie qui constitue le seul jardin, si l'on exclut le bouquet de bananiers et de papayers qui pousse dans la cour intérieure. Les murs sont badigeonnés de vert délavé, les encadrements des ouvertures sont soulignés de blanc. Pour toiture, il y a le même couvercle plat que sur toutes les maisons à l'entour, la fameuse *azotea* qui, dans le centre de Lima, est encombrée de cordes à linge et de rebuts divers. Mais Miraflores est un quartier résidentiel où ces pratiques n'ont pas lieu ; pourtant, aussi nettes soient-elles, toutes les maisons ont malgré tout ce petit air inachevé des élégantes sans chapeau.

Une étendue cimentée et teinte en rouge conduit du trottoir à l'entrée principale, dont les deux marches reluisent de cire écarlate. La pièce de réception se trouve là, sur le devant de la maison, la *sala* toujours impeccable car elle ne sert qu'aux "étrangers" en visite. Un long couloir la longe, partant de l'entrée, et conduit au cœur de la vie familiale, la pièce de séjour sur laquelle ouvrent les chambres. Une grande table occupe la moitié de l'espace, Madame Mère y trône aux heures des repas. Plusieurs fauteuils qui conservent les empreintes de corps, un téléviseur sur lequel une ribambelle de petits cadres représentent les membres du clan à des âges divers, des guéridons sur lesquels des ouvrages, des livres ou des lunettes ont été laissés, constituent le sympathique fatras de la vie quotidienne. Puis vient le patio, royaume des jouets d'enfants, des lessives et des employées de maison, sur lequel donnent la cuisine et ses dépendances. Il y flotte une vague odeur de kérosène, devenu depuis un certain temps déjà le combustible culinaire le plus communément utilisé.

Ce matin-là, le petit déjeuner traîne en longueur, à tel point que Madame Mère, malgré toute la joie qu'elle éprouve à recevoir son fils aîné, sa bru étrangère et son plus jeune petit-fils, n'a pas attendu la fin du repas pour se retirer dans sa chambre pour y faire ses dévotions matinales. Manolo a été installé dans l'ancienne "chambre des garcons" où un lit d'enfant a été ajouté. Sa sœur Rosita, revenue vivre chez sa mère depuis ses déboires conjugaux, campe avec sa progéniture dans l'ancienne "chambre des filles". Il faut instaurer des tours pour utiliser l'unique salle de bains. Heureusement que don Pepe, qui a établi sa garçonnière dans l'ancienne remise à bois qui donne sur la cour, fait ses ablutions à la cuisine aux heures creuses...

Vers onze heures, une vieille voiture américaine vient se ranger le long du trottoir dans un concert de grincements. Un homme basané d'une quarantaine d'années en descend et tend la main à une jeune femme en jeans qui regarde tout autour d'elle avant d'attraper ses bagages. Don Pepe est allé chercher Michelle à l'aéroport, Michelle la Française dont il a fait la connaissance à Paris où il présentait des projets de film, Michelle dont la société de production a accordé de l'intérêt aux idées de Pepe, et qui l'a déléguée sur place pour voir s'il y avait lieu de donner suite. Don Pepe a tenu à conduire Michelle chez lui avant de l'emmener à son hôtel ; elle va partager l'aventure familiale, l'expédition vers l'hacienda Santa Ana, pour y faire avec Pepe les repérages nécessaires, il est donc indispensable qu'elle soit présentée au plus tôt à ses futurs compagnons de séjour.

-4-

Les huit cavaliers éparpillés dans la *puna* se rassemblent peu à peu et le groupe s'immobilise avant d'entamer la dernière descente. Le soleil est presque à la verticale dans un ciel implacablement pur. Pepe, qui pour la circonstance arbore un feutre à larges bords et un grand poncho, fait signe à Michelle de venir près de lui et, d'un geste un peu théâtral, lui montre la vallée bien ouverte qui se trouve en contrebas. « Santa Ana ! ». Michelle, du haut de sa selle, croit vivre une scène de western.

Quelques bâtiments de torchis couverts de toits de chaume s'abritent sous des bosquets d'eucalyptus. Une bâtisse plus importante au toit de tuiles s'étale plus qu'elle ne se dresse un peu à l'écart, au milieu d'une esplanade pavée. On aperçoit des formes humaines et animales aux ombres très courtes, on devine à l'agitation soudaine que la présence des arrivants vient d'être signalée. Michelle contemple avidement le spectacle qui s'offre à ses pieds. Depuis son départ de Lima, pas une minute de sa vie ne lui a été indifférente, et plus elle s'éloignait de la ville et des foules, plus elle s'était sentie à l'aise. L'observation des gens, des lieux et des usages lui a procuré une fascination permanente.

Les Nuñez, d'abord. Ces deux hommes faits qui en présence de leur mère se comportent en petits garçons soumis et déférents et qui, le seuil de la maison franchi, revêtent chacun une personnalité totalement différente. Manolo joue son rôle d'aîné avec d'autant plus d'autorité qu'il est conscient de la présence d'un public, sa femme, son enfant et elle, la Française. Quant à Pepe, il a endossé son personnage d'artiste, avec une nuance de maître des lieux, puisqu'il ne vit pas à l'étranger, lui, comme son frère qui a perdu le droit de se comporter en “natif”.

June, l'épouse de Manolo, essaie visiblement d'avoir l'air de se sentir dans son élément alors qu'il est évident qu'elle ne l'est pas du tout, et se réfugie dans son rôle de mère pour se donner une contenance. A plusieurs reprises depuis le début du voyage, Michelle a essayé de l'apprivoiser, mais en vain. Manuelito, son enfant, amuse Michelle. Son comportement typiquement américain du début a fait place à une spontanéité et un ravissement à chacune de ses découvertes qui font la fierté de son père et la joie de tous ses compagnons de voyage, excepté June.

Les lieux, ensuite. Michelle avait quitté Lima sans regret. Les deux heures de vol pour Cuzco avaient été une curieuse expérience ; Michelle n'avait jamais voyagé en tenant un tuyau d'oxygène devant son nez ! C'était pourtant dans ces conditions qu'elle avait survolé les Andes et atterri dans l'ancienne capitale Inca, les cabines des Dakotas de la Faucett n'étant pas pressurisées.

Cuzco, grandiose et austère à la fois - Michelle s'était promis d'y retourner et d'y séjourner. La profusion de monuments incas et d'églises baroques, l'or des conquis recouvrant les autels des conquérants, la noblesse de la population entrevue, la lumière des jours, la profondeur des nuits, avaient comblé les attentes de celle qui, petite fille, rêvait en lisant "Le Temple du Soleil".

Le voyage avait commencé à prendre un goût d'expédition en quittant Cuzco pour Paucartambo. La route qui y mène n'étant qu'une piste étroite, elle est praticable un jour dans un sens et un jour dans l'autre. Les Nuñez avaient loué deux taxis - encore deux pièces du musée de l'automobile américaine - et les quarante kilomètres avaient été parcourus en quatre heures, en suivant presque tout le temps un nuage de poussière engendré par un camion qui les précédait. Le plateau aux ridelles élevées transportait marchandises, animaux et voyageurs, ces derniers n'ayant souvent pas d'autre choix que de se tenir debout, agrippés à une perche attachée d'avant en arrière du véhicule. Quand la nuée se dissipait, Michelle apercevait parfois des têtes aux chullos bien enfoncés. La piste de terre à la couleur variant du rouille au blanc selon les zones traversées, franchissait des rivières et des ravins sur des ponts qu'il valait mieux ne pas regarder de trop près. On passait en les saupoudrant de poussière des embryons de villages de torchis, animés d'une vie au rythme lent. C'était l'époque du battage du blé, et Michelle avait appris à repérer de loin, à la lumière dorée qu'elles irradiaient, les aires de battage en pleine activité. En arrivant à leur hauteur, elle avait pu voir les ânes tournant sans fin en traînant un cylindre de pierre qui broyait les épis mûrs étalés au sol sur des nattes. Pepe lui avait annoncé qu'ils ne s'arrêteraient pas pour prendre des photos, car on battrait aussi le blé à Santa Ana.

A la halte, chacun ayant déballé ses provisions, le chauffeur de la voiture de Michelle avait extrait d'un panier arrimé sur le toit une poule vivante qu'il avait nourrie en partageant avec elle... un morceau de poulet !

Paucartambo s'était offert aux yeux de Michelle un peu comme Santa Ana, à ses pieds. On y arrivait également par le haut, mais cette arrivée-là avait eu lieu dans la lumière cuivrée du couchant. Les deux voitures s'étaient arrêtées pour permettre aux étrangers de contempler la vue, et pour laisser filer le camion dont le panache blanc rougissait au soleil de fin de journée. L'agglomération était très harmonieuse, un gros village colonial solidement installé dans la boucle d'une rivière aux eaux claires ; il avait rappelé à Michelle les crèches provençales de son enfance, aux maisons miniatures couvertes de carton ondulé pour imiter les tuiles rondes. On distinguait très bien la Place d'Armes et ses palmiers qui rivalisaient de hauteur avec le clocher de l'église ; des buissons de cactus servaient d'étendage le long de la rivière ; à l'entrée de la ville était un vénérable pont érigé vers 1600 par les conquistadors, un arc brisé souligné d'une croix de pierre en son centre. Une impression de paix se dégageait de l'ensemble. Quelques méandres plus bas, les voyageurs franchissaient ce pont et pénétraient “en ville”. En découvrant les rues pavées, les cavaliers nonchalants et les Indiens assis contre les murs enveloppés dans leurs ponchos, Michelle avait déjà eu le sentiment de se trouver dans un film, quelque “Viva Zapata” andin...

Mais la dernière partie du voyage, celle qui s'achevait à présent, avait été la plus exaltante et la plus irréelle pour Michelle la citadine. Chevauchant entre ciel et montagnes, dans des parages inconnus, avec des gens inconnus, vers une destination inconnue, elle avait ressenti pour la première fois de sa vie une impression de liberté enivrante, elle s'était sentie comme un cerf-volant sans fil, elle aurait presque pu se voir, là en bas, petit point noir insignifiant perdu dans l'immensité d'un monde encore presque vierge... Elle n'oublierait jamais cette impression-là.

-5-

Ils sont arrivés avant-hier, et il a fallu tout ce temps pour retrouver un peu de calme et pour que l'hacienda s'habitue à leur présence. D'abord il y a eu la fête pour les accueillir, puis tous les remous causés par leur installation. Le jour de leur arrivée, les musiciens étaient prêts, devant la maison, bien avant qu'ils soient signalés. Moi, j'avais eu du mal à dormir, cette nuit-là, et comme il n'y avait pas classe - exceptionnellement, a dit la maîtresse parce que nos vacances à nous ne commencent que dans trois jours - je suis allé très tôt rôder autour de la maison, sous prétexte d'accompagner ma mère qui a été embauchée pour donner un coup de main pendant que les visiteurs sont là. Dans l'enclos de la cuisine, les femmes s'affairaient à la préparation d'un repas de fête ; en même temps, on dressait une grande table dehors, devant la véranda ouverte, avec des boissons, des fruits et des pains de maïs. En me voyant traîner par là, la señora Meche m'a demandé de presser les oranges, et j'ai eu un pain de maïs - en paiement, comme elle a dit.

Le señor Lucho est allé avec mon père à la rencontre des cavaliers quand ils ont franchi l'espèce d'arche faite en troncs d'eucalyptus avec une pancarte en bois qui dit "Santa Ana". C'est la première chose que j'ai su lire, cette pancarte... Quand mon père a donné le signal, la musique a commencé, quenas, flûtes de pan et tambours de toutes tailles, et même le petit violon dont le vieux Salvador est si fier. Nous, les enfants de l'hacienda, on nous avait dit de rester derrière les musiciens pour ne pas déranger, mais nous nous bousculions tellement qu'il a fallu plusieurs fois qu'on nous fasse reculer.

Don Manolo, j'ai su que c'était lui parce que je connais bien don Pepe. Il a les cheveux presque blancs, don Manolo, et ça fait tout drôle parce qu'il n'a pas l'air vieux. Don Pepe, c'est l'inverse. Ses cheveux sont très noirs comme les nôtres sauf qu'ils se tordent sur eux-mêmes, et il a la figure pleine de plis et de creux. Mon père dit que c'est parce qu'il se couche tard. Il y avait la "gringa" de don Manolo et leur enfant, une autre étrangère et c'est tout.

Donc, quand ils sont arrivés, tous, on les a aidés à descendre de cheval, le señor Lucho a pris le petit garçon dans ses bras et a fait signe d'emmener les chevaux à l'écurie. Ils se sont tous présentés, embrassés avec de grandes tapes dans le dos, et on leur a offert à boire. Puis don Pepe a dit bonjour aux gens de l'hacienda qui étaient tous là autour des musiciens ; il a même invité Catalina à danser un huayno ! Elle a rougi, elle a un peu protesté en riant, mais elle s'est laissé faire. Don Manolo, pour ne pas être en reste, a invité l'étrangère. Elle ne s'est pas fait prier, elle a juste un peu regardé comment faisaient les autres, et elle les a imités comme si elle avait dansé des huaynos toute sa vie. Le señor Lucho s'est senti obligé de faire pareil, il a demandé à la gringa qui a secoué la tête en montrant qu'elle avait son enfant auprès d'elle. Alors il a attrapé la main de la señora Meche et l'a entraînée dans la danse, puis Anita et Luchito nous ont fait signe de venir aussi. Les cruches de chicha ont circulé parmi les hommes et les femmes et bien après la disparition des visiteurs, la fête a continué pour le personnel de l'hacienda. Ce jour-là, il n'y a que les animaux qui ont eu droit à un peu d'attention, personne n'a travaillé dans les champs, le señor Lucho avait donné congé à tout le monde.

Hier, j'ai passé tout mon temps libre à observer les nouveaux venus, les deux "gringas", surtout. La femme de don Manolo est une vraie gringa, l'autre non. D'abord, il paraît qu'elle ne vient pas d'Amérique du Nord, mais de France qui est bien plus loin, et puis, elle nous ressemble. D'ailleurs, j'ai entendu don Pepe l'appeler en riant "chola francesa", et c'est tout à fait ça. On voit qu'elle vient d'ailleurs, mais en même temps elle pourrait passer inaperçue ici si elle était habillée comme nous. Don Pepe a même pris des photos d'elle coiffée avec deux tresses et une montera sur la tête, la montera de Catalina, je crois, qui ne refuse rien à don Pepe. Et c'est vrai qu'avec le chapeau de nos femmes, elle est vraiment des nôtres, cette gringa, sauf bien sûr qu'elle porte des jeans et des bottes de cow-boy... Au début, j'ai cru que c'était la nouvelle fiancée de don Pepe, mais je me trompais. Ma mère a dit qu'elle avait quelque chose à voir avec son travail, ses photos et son cinéma. A y regarder d'un peu près, je suis sûr que ça ne lui déplairait pas, à don Pepe, de l'avoir pour fiancée, la "chola", mais je crois qu'elle s'en est aperçu et elle essaie toujours de ne pas être seule avec lui... La gringa de don Manolo, je la plains un peu, elle s'amuserait certainement beaucoup plus si elle ne prenait pas de grands airs. A voir son expression, on croirait que tout sent mauvais, ici.

-6-

Le premier choc de l'invasion surmonté, et le léger agacement causé par l'attitude lointaine de sa belle-sœur oublié, Meche a retrouvé sa sérénité en s'investissant à fond dans les besognes domestiques. Le soutien rassurant de Lucho, qui conserve son calme et son humour en toutes circonstances, lui est précieux. Levée à cinq heures, c'est avec son autorité habituelle qu'elle va diriger les opérations de la fournée du jour. Les fagots de bois sec réunis la veille par les enfants doivent en ce moment même être bourrés dans le grand four de pierre. Très tôt, Julia Flores et deux autres femmes ont commencé à pétrir la pâte qui lèvera pendant que le four atteint la chaleur nécessaire à la cuisson des pains. Ensuite viendra le tour des gâteaux de maïs et autres pâtisseries, puis celui des viandes pour les repas à venir. Toutes les familles de l'hacienda préparent quelque chose pour profiter de l'occasion, le four n'étant pas allumé tous les jours. Les Flores ont préparé des cochons d'Inde dodus entourés de pommes de terre d'un beau jaune vif, d'autres ont fait des pains de maïs fourrés de toutes sortes de choses salées ou sucrées, ou des piments farcis.

Don Pepe et Michelle se sont eux aussi levés de bonne heure pour photographier les opérations. Michelle est fascinée par la précision des gestes de chaque protagoniste et par la convivialité qui naît de l'emploi collectif du four. Femmes et fillettes en lourde jupe de lainage noir soulignée d'un galon de couleur vive, les épaules drapées dans une sorte de châle multicolore et coiffées du même chapeau plat de velours noir frangé de jaune que celui avec lequel elle a posé hier pour Pepe, apportent des plats, des calebasses, ou simplement de la pâte enveloppée dans des feuilles. Trois hommes qui ont retroussé sur leurs épaules les pans de leur poncho court, surveillent la combustion du bois sous la voûte de pierre. Quelques enfants traînent à l'entour, spectateurs infatigables prêts à se rendre utiles pour être autorisés à rester. Les enfants de Meche, à moitié endormis, arrivent sur les lieux et se joignent aussitôt à un jeune Indien que Michelle avait déjà remarqué dès son arrivée, attirée par son expression ouverte et son regard intense. L'enfant, simplement vêtu d'un pantalon de laine noir qui s'arrête aux genoux et d'une tunique sans col du même tissu, a déjà les mollets puissants et la cage thoracique très développée des hommes des Andes. Un casque de cheveux noirs luisants encadre son visage lisse d'une belle couleur cuivrée, rehaussée aux pommettes de touches plus vives. Des yeux de jais étirés en amandes, des lèvres à l'ourlet bien net et un nez légèrement busqué le rendent parfaitement conforme à l'image idéalisée que Michelle s'était fabriquée des Incas. L'enfant vient saluer Pepe en quechua, celui-ci échange quelques mots avec lui dans cette langue, puis le présente très officiellement à Michelle, en espagnol, cette fois : « Voici Jesús, qui se met à ta disposition pendant la durée de ton séjour. » Michelle, amusée, tend la main à Jesús et se présente à son tour, l'assurant avec une sincérité non feinte qu'elle fera certainement appel à ses services.

Et par la suite, Michelle fait largement appel à Jesús… (Il a commencé par lui faire soigneusement répéter la prononciation de son prénom, Rrréssousss…). La personnalité du jeune garçon l'a immédiatement séduite. Pour Jesús, tout est important et il aborde chaque instant de sa vie avec gravité et délice à la fois. Son existence, dont la simplicité frise aux yeux de Michelle le dénuement, est pour lui une succession d'actes primordiaux, de tâches vitales auxquelles il dédie toute son application. Chaque être vivant, chaque objet qui entoure Jesús est un don du ciel, une merveille à admirer et à protéger. Avec Jesús, Michelle apprend à vivre chaque instant avec une intensité qui lui était inconnue jusqu'alors.

Découvrir l'hacienda et ses habitants avec un tel guide est inespéré pour Michelle. Les randonnées avec Jesús, les heures passées à lui tenir compagnie pendant qu'il surveille les alpagas en filant leur laine ou en jouant de la quena contrebalancent la grandiloquence avec laquelle Pepe lui vante le même sujet, et font certainement beaucoup plus pour la cause de son projet. Jesús parle tranquillement des bêtes, des saisons et de la vie. Il emmène Michelle dans sa maison, une grosse cabane rustique, trapue et enfumée, mais à la cour intérieure fleurie… Il lui fait visiter son école, une pièce unique couverte de tôle ondulée, aux tables et aux bancs faits de planches posées sur des pieux plantés directement dans le sol de terre battue ; il lui présente Teresa, la maîtresse d'école, une jeune métisse pleine d'enthousiasme qui s'ingénie à rendre son enseignement vivant et ludique. Sur les murs de torchis, la carte et le drapeau du Pérou côtoient des plumes de condor, des dessins d'élèves et des photos découpées dans de vieux magazines. A l'entrée de l'école, une grande jarre pleine d'eau voisine avec une louche en bois et une brassée de saponaire renouvelée chaque jour ; Jesús explique à Michelle que chaque élève en arrivant le matin s'y lave les pieds et les mains avant d'entrer en classe. Il lui montre comment il file la laine entre deux doigts agiles, transformant un nuage mousseux en un fil assez régulier, comment il tricote avec des aiguilles faites de branchettes plus ou moins droites débarrassées de leur écorce, en passant la laine autour du cou, ouvrage d'un côté et pelote fichée dans la ceinture de l'autre, de façon à pouvoir facilement libérer ses mains si nécessaire. Il lui explique que la señora Meche encourage tout le monde à produire des tricots ou des tissages qu'elle envoie à Cuzco pour être vendus aux touristes au marché central ; pour gagner un peu d'argent, Jesús a appris à faire des pullovers avec des motifs de lamas ou de rosaces et il en a déjà vendu. La señora Meche garde ses gains de côté pour plus tard… Ensemble ils rendent visite à la vieille Catalina, puis à Juana qui tisse les plus beaux ponchos et les bayetas[3] les plus douces, agenouillée devant son métier rudimentaire, fiché dans le sol comme les meubles de la classe !… Il lui présente les instruments aratoires rangés dans la remise dont son père a la charge, les charrues au soc de bois lisse, et cet étrange bâton à fouir si ergonomique qui sert à semer les pommes de terre et qui existait déjà, identique, chez les Incas. Il lui en mime l'emploi, puisqu'elle ne sera plus là au moment de la semence.

Jesús demande à Michelle de lui raconter son monde à elle, ses saisons, sa famille, sa maison. Il écoute attentivement, mais sans manifester ni surprise ni envie, ce qu'elle lui décrit.

Ce compagnon fidèle devient vite pour Michelle plus qu'un mentor, un garde du corps passif. Dès son arrivée, Pepe avait clairement manifesté son goût pour elle en la serrant de près à plusieurs reprises et elle avait dû très vite mettre les choses au clair avec lui. Il avait très bien compris et elle pensait avoir conquis sa tranquillité. Mais une situation beaucoup plus délicate avait surgi : Manolo le grand frère, Manolo qui avait avec lui femme et enfant semblait lui aussi être sensible à ses charmes ! Elle avait

[3] Tissus de laine

préféré ne pas prêter attention à son empressement insistant le jour où ils étaient tous partis en pique-nique au pied du glacier Colquepata, et elle s'était absorbée dans ses photos. Jesús pieds nus sur la glace lui avait déjà servi d'échappatoire. Mais depuis que le respecté Manolo avait plus ou moins tenté de lui rendre une visite nocturne dans sa petite chambre sans clé qui donnait sur le patio familial, ses doutes s'étaient évanouis. Depuis lors, elle recherchait systématiquement la compagnie du jeune Quechua à l'extérieur, et celle de Meche et Lucho dans l'entourage familial. Elle se serait volontiers passé de ce jeu de cache-cache, mais comme il n'était pas question d'écourter son séjour pour autant, Jesús avait été promu bouclier.

-7-

Demain le grand jour, le point culminant de l'année à l'hacienda : la fête de santa Ana, patronne des lieux... Plus importante encore que Noël car elle coïncide presque avec la fête nationale et les deux festivités ont été jointes, sinon confondues, depuis fort longtemps. Mais cette année, à cause des visiteurs, Pepe a demandé à son frère Lucho de tout faire pour donner aux célébrations un éclat particulier. Il est surtout important de montrer à l'observatrice étrangère que l'on peut déployer des fastes dignes d'un film et que tous les habitants de l'hacienda sont des figurants ou même des acteurs potentiels, dans un décor qui lui, n'a pas besoin d'être vanté.

Cette année, exceptionnellement, Lucho a obtenu la présence d'un prêtre ; il y aura donc messe dans la petite chapelle avant que la Sainte ne sorte en procession. Une grande agitation règne à l'hacienda. Les hommes qui ne sont pas aux champs nettoient et rafistolent la chapelle que les femmes et les enfants décorent. Meche a présidé à la parure de la statue avant de superviser les préparatifs culinaires. Il est d'usage que ce jour-là les maîtres régalent tous les habitants de Santa Ana et le four n'a pas le temps de refroidir. Seule la chicha n'est pas fournie par les Nuñez, aussi dans plusieurs foyers la bière de maïs fermente déjà depuis un certain temps dans de grandes jarres à demi enterrées dans la cour. Michelle prépare ses appareils de photo, Pepe sa caméra et son magnétophone, et chacun ses plus beaux atours, les vêtements neufs qui sortent pour la première fois à cette occasion, chullos, ponchos et mantas aux couleurs que le soleil implacable n'a pas encore pâlies, bayeta encore bien noire des jupes, des pantalons et des tuniques, corsages ajustés gansés de jaune vif des femmes, fleurs fraîches à la montera. Les animaux ne sont pas oubliés, lamas et mules sont ornés de rubans multicolores. Tout au long de la journée, des petits drapeaux rouges et blancs aux couleurs nationales ont fait leur apparition un peu partout aux portes et aux toits des maisons, conférant un air festif à toute la vallée.

Le soir, autour de la table du dîner, toute la famille est réunie sous les lampes à pétrole dont les ombres dures sont atténuées par la lueur dorée des bougies que Meche ne manque jamais de placer sur la table. Elle promène son regard d'un visage à l'autre, laissant, une fois encore, vagabonder ses pensées, momentanément étrangère à la conversation.

Le jeune prêtre métis venu de Paucartambo est assis à sa droite ; il passera deux nuits à l'hacienda avant de retrouver la vie frugale de son premier poste d'ecclésiastique. Il savoure avidement chaque bouchée, chaque gorgée et chaque impression reçues dans cette chaude ambiance qu'il n'a jamais vraiment connue. Les enfants sont en bout de table et ont toutes les peines du monde à rester tranquilles, portés par l'excitation de la journée et la perspective du lendemain. June n'ayant pas pu empêcher son fils d'adhérer totalement à la vie de ses cousins - et donc de leurs amis quechuas - insiste à s'asseoir près de lui à chacun des repas pris en famille.

Meche a très vite constaté avec satisfaction que son neveu s'était immergé naturellement dans ce monde nouveau ; si sa mère semble le déplorer, elle est bien la seule. Après une période de compassion pour sa belle-sœur qui ne jouissait pas pleinement de son séjour par manque de spontanéité, Meche a décidé de ne pas plus s'en soucier que son beau-frère Manolo, qui avait très vite renoncé à entraîner son épouse dans les activités de l'hacienda.

Manolo, le frère aîné, au physique racé de fier hidalgo, est le plus beau des trois Nuñez. Meche lui en veut d'avoir failli troubler la paix de Santa Ana par son comportement envers Michelle, qu'elle a très vite remarqué. Fort heureusement, Michelle a eu tôt fait de trouver une parade astucieuse en la compagnie du jeune Jesús à l'extérieur, et la protection du cercle familial le reste du temps. Meche préfère ne pas penser à ce qu'aurait été l'atmosphère si Michelle avait joué le jeu de Manolo. Personnage intéressant que cette jeune femme française que Meche aurait bien gardée quelques jours de plus après le départ des autres. Elle a débarqué sans idées préconçues, sans grilles de référence, à croire qu'elle s'était totalement lavée de toutes connaissances préalables pour recevoir en terrain vierge ce qu'elle allait découvrir et se faire des opinions non adultérées. Elle a pris en route le train de la vie à Santa Ana sans ralentir le convoi ni en altérer la course. Elle s'est glissée avec enthousiasme et curiosité dans le quotidien de l'hacienda et ses habitants. Pas étonnant qu'elle ait conquis le jeune Jesús, ils ont une approche commune de la vie. Lucho est de l'avis de Meche, Pepe a trouvé l'alliée idéale pour plaider sa cause. Et si Meche avait nourri le moindre doute sur la finalité de sa propre existence, le regard porté par Michelle sur cette existence l'aurait balayé.

Ayant chassé de son esprit la perspective du vide momentané que va causer le départ des visiteurs, peu après la fête, Meche redevient réceptive à ce qui se passe autour d'elle. Les trois frères sont en train d'expliquer à Michelle et à June le déroulement de la fête du lendemain, les rites catholiques scrupuleusement respectés, et même portés à un certain paroxysme, pour mieux cacher le paganisme sous-jacent, les populations locales ayant toujours conservé très vivace leur vénération pour la nature et fait semblant d'adopter la religion de leurs conquérants pour éviter de nouveaux conflits. Les Indiens aimant les fêtes ne rechignent pas à promener des saints en procession mais continuent à faire des offrandes à la Terre-Mère et à vénérer la Montagne qui les surplombe, puissances beaucoup plus tangibles et dont il est plus important de s'assurer la bienveillance.

-8-

La chapelle est si exiguë qu'elle ressemble à un jouet, une église miniature. C'est un édifice rectangulaire couvert d'un toit de chaume à double pente, avec pour seule ouverture la porte de bois à claire-voie, habituellement fermée par un cadenas de fer forgé savamment ouvragé, mais aujourd'hui poussée le plus possible contre le mur de torchis fraîchement blanchi à la chaux. Un minuscule autel en occupe le fond, décoré de genêts et des flammes dansantes des cierges. Pour laisser un peu de place à l'intérieur, la statue de sainte Anne parée de sa robe de satin et d'une cape brochée a été installée à l'extérieur, sur la plate-forme recouverte d'une lourde draperie frangée d'or qui sera portée par quatre hommes et qui pour l'instant repose sur deux tréteaux. Une fumée d'encens à l'odeur rendue entêtante par le volume réduit de l'endroit monte en volutes vers la charpente que l'on pourrait toucher en levant le bras. Les deux bancs ont été repoussés contre les murs pour que les Nuñez puissent se presser, debout, devant l'autel le temps de la messe. Une foule silencieuse se masse devant la porte, de moins en moins recueillie à mesure que l'on s'en éloigne.

L'office est très simple, ponctué de quelques cantiques chantés a capella. Les musiciens se sont déjà groupés auprès de la statue en compagnie des porteurs. Flûtes, guitare, harpe et tambours ne demandent qu'à entrer en action. Pour le moment, les hommes se contentent de rester debout, les yeux baissés, probablement perdus dans des pensées profanes et impatients de pouvoir jouer et bouger. Plusieurs des femmes de l'assistance portent un bébé dans le dos, petites têtes couvertes d'un chullo dépassant à peine du châle tissé qui leur sert de support. Certains dorment profondément, d'autres promènent à l'entour leurs grands yeux noirs. Le soleil est encore dans sa phase ascendante et ses rayons pénètrent dans la chapelle, allongeant vers l'autel les ombres des fidèles.

Un frémissement agite l'assistance au moment où un mouvement de sortie s'amorce dans la chapelle. La foule s'anime et s'écarte de l'entrée pour aller se former en procession derrière les musiciens, eux-mêmes se rangeant derrière la Sainte. On laisse passer les maîtres qui doivent prendre place en tête de la procession. Quand tout le monde est prêt, les porteurs chargent la plate-forme sur leurs épaules et il y a un moment de flottement avant que le lourd édifice composé de la statue, ses ex-votos et autres ornements trouve son équilibre. La petite Vierge enfant assise sur le bras de sa mère sainte Anne s'incline dangereusement avant de retrouver une position normale, et les pendants d'oreilles de sainte Anne entament un mouvement de balancier qui va rythmer le pas des porteurs tout au long du parcours. Au signal du prêtre, les musiciens commencent à jouer un air lent et solennel et la colonne s'ébranle.

Trois heures plus tard, la procession ayant parcouru son itinéraire traditionnel sur le territoire de l'hacienda, pausant aux quatre points cardinaux pour une bénédiction des cultures et des pâturages - il faut profiter de la présence du prêtre - c'est une foule assez clairsemée et une fanfare fatiguée qui ramènent la Sainte jusqu'à la chapelle. Le soleil est au zénith et tous se dirigent ensuite vers la grande esplanade de la maison principale pour se restaurer et se reposer sous les eucalyptus.

Après les agapes, la fatigue est vite oubliée et les assistants retrouvent toute leur énergie pour enchaîner sur la fête profane. Les tambours qui le matin soulignaient le pas pesant de la procession attaquent un rythme beaucoup plus guilleret et les danseurs se déchaînent. Les réjouissances dureront tard dans la nuit ; il y aura certainement quelques hommes ivres, quelques chutes malencontreuses dans l'obscurité, seuls débordements dans une année de dur labeur ininterrompu. Tout sera vite rentré dans l'ordre après que le cadenas aura repris sa place à la porte de la chapelle, les vieux ponchos délavés referont leur apparition sur les épaules solides avec la routine des travaux et des jours. Sainte Anne, privée de ses atours et de ses perles, entrera en réclusion pour un an…

-9-

Ils sont partis… Ce matin, j'ai aidé à charger les chevaux, et, en vérifiant que la selle de Michelle était bien arrimée, j'ai glissé dans ses bagages le pullover que j'avais tricoté ; je ne le lui ai pas donné avant, elle l'aurait probablement refusé en sachant que j'aurais pu le vendre.

Ils sont partis… Don Manolo et sa famille ça m'est égal, don Pepe un peu moins parce qu'il se passe toujours des choses intéressantes quand il est à l'hacienda, et puis il m'amuse avec ses manières. Mais celle qui va le plus me manquer, c'est Michelle, la chola francesa. Nous étions devenus amis… Au début elle s'est peut-être un peu servie de moi, mais tant mieux si j'ai pu lui être utile, puisque nous avons pu nous connaître mieux que si elle avait juste été une invitée des patrons. Là, je l'aurais vue de loin, j'aurais peut-être une ou deux fois tenu son cheval pour l'aider à monter ou à démonter, et c'est tout. Mais ce qui est arrivé, c'est grâce à don Pepe, qui m'a mis à la disposition de Michelle comme guide – il a de bonnes idées, don Pepe. Elle ne voulait pas toujours être avec lui alors elle venait avec moi, et puis plus tard, j'ai bien vu que don Manolo l'embêtait un peu, alors je l'ai protégée. Elle ne m'en a rien dit, mais j'ai bien compris. Pour don Pepe, c'est simplement parce qu'elle voulait découvrir l'hacienda en paix, sans qu'il soit toujours là à lui dire que c'était beau. Elle pouvait bien s'en apercevoir toute seule, que c'était beau. Pour don Manolo, c'était différent, je crois qu'elle était gênée vis-à-vis de la gringa.

Enfin, pendant tout son séjour, j'ai été souvent avec elle, chaque fois que ma mère n'avait pas besoin de moi – il n'y avait pas école, c'était les vacances. Michelle, tout l'intéressait, tout ce que je faisais, tout ce que je lui montrais. Elle m'écoutait, elle me regardait faire, parfois elle posait des questions. Elle m'a fait sentir important, fier de mon pays, de mes parents, de mon monde à moi. Elle a pris plein de photos, elle m'a dit qu'elle m'en enverrait, elle le fera peut-être, peut-être pas… Mais ça ne fait rien parce que pendant la fête, l'autre jour, don Pepe nous a photographiés elle et moi, avec son appareil qui crache la photo tout de suite. Et cette photo-là, c'est moi qui l'ai gardée, elle est à moi. Nous sommes tous les deux devant la chapelle, Michelle a mis mon chullo sur la tête, et moi je porte mon poncho neuf. Nous sourions tous les deux. Elle a écrit derrière la photo "Hasta pronto, Jesús" – "à bientôt", et non pas "adios". C'est parce qu'elle dit qu'elle va tout faire pour convaincre ses gens, là-bas, de payer pour que don Pepe puisse venir faire son film, et que dans ce cas elle viendra aussi, et que tous les gens de l'hacienda qui le voudront pourront jouer dans le film. Elle dit aussi que je pourrai les aider et qu'ils me paieront pour ça, et qu'avant de repartir elle m'emmènera à Cuzco et peut-être à Lima…

C'est peut-être vrai, tout ça arrivera peut-être, peut-être qu'elle m'écrira, peut-être pas… En tout cas, ça ne m'enlève rien, j'ai ma vie ici, comme avant, comme toujours, ma vie que Michelle qui vient de France a tellement admirée ; et en plus je suis riche de ma photo et de tous les souvenirs qui vont avec. "Nadie te quita lo bailado"[4]

---

[4] Littéralement : "personne ne peut t'enlever ce que tu as dansé"

Jamais plus

-1-

Il a plu sur la savane. Une symphonie vert tendre jouée sur tous les tons submerge le rouge vif du sol de latérite avivé par la pluie. Chaque branche, chaque brindille de chaque buisson est couverte du tronc à l'extrémité de rangs serrés de robustes feuilles nouvelles-nées. Pas un pouce n'est laissé vacant. Ce sont probablement ces mêmes branches qui se hérisseront plus tard de redoutables épines. La circulation de la sève est presque visible, partout éclate l'énergie vitale.

Au milieu de cet océan de verdure toute neuve, la plus petite fleur blanche ou jaune explose comme un feu d'artifice silencieux. Le sol, au gré des minéraux qui le composent, passe de l'orange vif au brun foncé, brutalement par endroits, graduellement ailleurs. La pluie récente a lavé les innombrables paillettes de mica qui scintillent comme des éclats de diamant.

A perte de vue, collines et vallonnements sont couverts de ce luxuriant manteau vert ; de loin il ressemble à une épaisse moquette bouclée, mais cette moquette-là pourrait dissimuler des éléphants ! Des écureuils, ivres de vitalité, traversent la route à toute allure et sont avalés par la couverture verte. L'odeur de terre humide ajoute sa note puissante aux senteurs florales qui se dégagent de certains buissons où ont déjà éclos des centaines de minuscules fleurs chargées de miel. Ils grouilleront bientôt d'abeilles.

Il est difficile de croire qu'il y a quelques jours encore, la même région était une terre aride où des troncs squelettiques brandissaient leurs formidables piques vers le ciel vide. A ce moment-là, même un dik-dik[5] n'aurait pu s'y dissimuler.

La Land-Rover couverte d'une boue bienfaisante après la poussière des jours précédents, suit la piste à faible allure. Luigi et Paola se sentent en harmonie parfaite avec cette exubérante nature, à l'unisson avec ses élans de renouveau et de confiance en l'avenir. Ils ne se lassent jamais de ces escapades dans les réserves naturelles, que leurs occupations rendent trop rares à leur goût. De cette escapade en particulier ils remporteront à la ville le sentiment qu'une vie nouvelle s'ouvre devant eux.

-2-

La première sensation de Paola fut olfactive. Une odeur… une odeur connue qui peu à peu suscita un mot dans son cerveau engourdi, "désinfectant". Ce mot en bouscula d'autres qui remirent en marche la fonction "pensée consciente" chez la jeune femme. Désinfectant… des pièces de puzzle se présentaient, s'assemblaient – en combien de temps ? des minutes ? des jours ? Un monde se recréait… un dispensaire, des malades, des gens qui avaient sans cesse besoin d'elle, puis tout s'estompa à nouveau.

A la tentative suivante, son organisme capta, outre la même odeur de désinfectant, des sons, des sons qu'elle identifia comme des pas de pieds nus ou chaussés de sandales légères, des pieds que l'on traîne un peu… des

---

[5] Antilope de très petite taille

chuchotements. Alors, prise d'un sursaut soudain, Paola se souvint d'autres chuchotements, les derniers qu'elle avait entendus avant. Avant quoi, au juste ? Avant maintenant. Elle reconnut la même sensation d'immobilité forcée que cette fois-là. Cette fois-là... l'immobilité forcée d'une prisonnière... Les brouillards se déchiraient peu à peu. Prisonnière d'un amas de ferrailles tordues... Mais l'odeur alors n'était pas de désinfectant, c'était une odeur acre de caoutchouc brûlé, d'huile chaude... Paola fit un effort de conscience pour ré-habiter son corps. Elle était couchée sur le dos ; elle essaya de bouger les bras. Le droit était libre, le gauche ne l'était pas, il entraînait quelque chose avec lui. De la main droite elle tâta le dos de la gauche. Perfusion... Alors, alarmée, elle posa cette main sur son ventre. Plat !.. Tout revenait à présent comme si un voile se déchirait. Les souvenirs, les sons, les odeurs... Elle essaya de stopper l'invasion en gardant obstinément les yeux clos. Peine perdue... Elle se souvenait, le voyage en voiture, l'accident. Elle avait perdu le bébé, elle en était sûre...

- Elle revient à elle, dit une voix africaine près de sa tête.

Non, elle ne voulait pas revenir, pas sans le bébé, elle ne voulait pas savoir... Elle serra les paupières, dans un ultime et puéril effort. Pourtant il faudrait bien faire face à un moment ou à un autre. Luigi ? Qu'était-il arrivé à Luigi ? L'avait-elle perdu aussi ? Et dans quel état se trouvait-elle vraiment ? Avait-elle été amputée d'autre chose que de son enfant ? Ne pas savoir... Encore un instant de bienheureuse ignorance.

Une main prit son pouls. Une porte s'ouvrit.

- Entrez, madame, elle est en train de reprendre connaissance.

Sa mère ? Ne serait-ce que pour elle, Paola ne pourrait plus longtemps résister au réveil. Dès qu'elle aurait la force de tout entendre, c'est promis, elle ouvrirait les yeux.

-3-

Il y avait déjà plusieurs semaines que Paola séjournait chez ses parents. Pour elle, les jours se déroulaient tous semblables, comme dans du coton ; son corps avait adopté une certaine routine, son esprit était ailleurs. Elle vivait au rythme le plus primaire, celui du jour et de la nuit, celui des besoins de son organisme ; elle se laissait dorloter par sa mère, comme lorsqu'elle était petite, là-bas en Ethiopie.

Quand le soleil pénétrant dans sa chambre aux persiennes sans vitres ni rideaux la réveillait, elle restait encore sous la moustiquaire, bercée par le bruissement liquide de la brise dans les palmes des cocotiers. Elle goûtait les sons de la maison qui s'éveillait, cliquetis d'ustensiles dans la cuisine, la voix de sa mère qui parlait aux domestiques, celle de son père qui appelait les chiens pour leur promenade matinale sur la plage, des chants d'oiseaux dans le jardin qui se terminait sans transition et sans clôture sur le sable blanc... Puis Charo lui apportait une tasse de thé. Il frappait un coup à la porte et entrait immédiatement, silencieux sur ses pieds nus, il posait le plateau à côté d'elle et s'éclipsait comme il était venu. Quand elle entendait son père rentrer de sa promenade, elle se drapait dans un pagne, rafraîchissait son visage et rejoignait ses parents sur la véranda pour le petit déjeuner. Elle écoutait leur bavardage d'une oreille distraite, dévorait des fruits, un œuf et des toasts, puis si elle s'en sentait le courage, proposait à sa mère de l'aider au jardin ou à quelque autre tâche. Sinon, elle se baignait longuement dans la mer tiède ou faisait des marches interminables les pieds dans l'eau.

Déjeuner, sieste, l'après-midi sa mère recevait parfois de vieilles amies, italiennes et ex-résidentes d'Ethiopie comme elle-même, et elles parlaient des jours anciens, cette côte du Kenya n'était pas désagréable, mais ce n'était pas la même chose… mais jamais, non jamais, elles n'auraient pu retourner vivre en Italie. Elles se complaisaient dans la nostalgie d'un monde disparu, ne contribuant pas à ramener Paola à la réalité, c'est pourquoi elle tolérait leur compagnie et leur bavardage inoffensif.

La nuit tombait tôt, comme toujours sous les tropiques. Paola lisait, rêvassait, repoussait les pensées qui s'agitaient dans son cerveau. Mais il faudrait bien y faire face un jour. Cette vie végétative était pire que la mort, ces limbes, maintenant que son corps avait retrouvé ses forces, commençaient à lui peser.

Une marée haute du matin… Le lagon n'est qu'une immense piscine, pas une ride n'en agite la surface. Le ciel est sans nuage, l'air est léger, tout resplendit sous la lumière encore douce d'un soleil qui n'a pas commencé à déverser son plomb fondu. Pénétrer dans l'eau, c'est simplement devenir plus léger. Le corps glisse sans remous et prend sa place dans la mer sans en déranger la surface lisse, il survole des étendues de sable, des forêts d'algues, des collines moussues, des bandes de petits poissons pressés. Allongée sur le dos, les yeux fermés, les oreilles immergées, elle n'appartient pas au monde extérieur. Les bruits de la surface sont couverts par les sons de la vie sous-marine, glissements de galets, crissements de sable, chaînes d'ancres. Ses narines perçoivent la fumée du feu que des pêcheurs ont allumé sur la plage, il y a un goût de sel dans sa bouche, ses yeux sont pleins de feux d'artifice produits par le soleil sur ses paupières fermées, sa peau est enveloppée de satin liquide… Elle pourrait se laisser couler, se disperser peu à peu au fond de la mer, devenir part du récif de corail, se dissocier en molécules qui ne souffrent pas… Mais Luigi n'approuverait pas, il ne lui accorderait pas le droit de gaspiller ce qu'elle pourrait donner à ceux qui en ont besoin. Ce serait trop facile...

Un jour, à la surprise ravie de ses parents, Paola demanda à avoir un entretien avec leur médecin de famille et ami de longue date. Et elle reprit sa destinée entre ses propres mains. A vingt-huit ans, on ne laisse pas sa vie s'enliser à jamais. Elle décida une fois pour toutes d'accepter ce qui s'était passé et de redémarrer.

Paola était infirmière, elle avait épousé deux ans auparavant un jeune médecin italien comme elle et plein d'avenir qui travaillait dans un hôpital de Kampala. Elle exerçait sa profession dans un dispensaire appartenant à une mission catholique. Elle avait des journées bien remplies, elle accomplissait ses tâches avec plaisir et ne ménageait pas sa peine ; elle aimait son mari, ils avaient de nombreux amis autant dans la communauté expatriée que parmi les locaux. Aux vacances, ils allaient rendre visite aux parents de Paola, retirés sur la côte du Kenya. Les parents de Luigi vivaient en Italie. Pour Noël, il avait été convenu qu'une grande réunion de famille aurait lieu chez les parents de Paola, quelques jours de vacances de rêve au bord de l'Océan Indien, tout en accomplissant les rites d'un Noël européen, aussi incongru que cela puisse paraître par trente-cinq degrés. Luigi et Paola, enceinte de six mois, avaient décidé de faire le voyage par la route, afin de rendre visite au passage à des amis qui vivaient à Nairobi. La voiture était chargée de cadeaux pour les uns et les autres, avec en plus ce formidable espoir d'un enfant désiré. Et puis, à quelques dizaines de kilomètres avant Nairobi, il y avait eu ce camion qui leur avait foncé dessus, ayant doublé sans visibilité dans une côte. Le choc frontal avec l'énorme véhicule avait été terrifiant. Luigi était mort sur le coup, Paola avait repris conscience à l'hôpital de Nairobi, avec des côtes cassées, des contusions, un traumatisme, et plus de mari ni d'enfant. Mais il lui restait la vie et la capacité de se rendre utile dans cette partie du monde où ses connaissances étaient tellement nécessaires. L'annonce dans la presse d'une épidémie de choléra dans le nord du pays avait été le déclic. Paola voulait demander au docteur de l'aider à se faire affecter dans cette région, sous n'importe quelles conditions, pour se mettre au service de qui voudrait d'elle, dispensaire d'état ou de mission, elle voulait s'abrutir de travail pour oublier, ou pour réagir.

-4-

C'était un dispensaire de brousse comme beaucoup d'autres – ou plutôt, comme trop peu d'autres – le seul à des dizaines de kilomètres à la ronde. Les bâtiments étaient rustiques, l'équipement hétéroclite car provenant en partie de dons divers. L'équipe médicale ne pouvait compter que sur son savoir, son dévouement, sa connaissance du pays et son appareil de radio pour venir en aide aux malades. Le médecin passait toutes les semaines, un médecin tombant du ciel et pour lequel une piste d'atterrissage de fortune avait été aménagée quelques années auparavant. A la fin de chaque saison des pluies, il fallait la re-niveler avec les moyens du bord, et en défricher constamment les abords.

Dans le Cessna qui l'emportait vers sa tentative de renaissance, Paola s'était absorbée dans la contemplation du paysage. D'infinis espaces sauvages où courait parfois, avec celle des nuages, l'ombre dérisoire de l'avion. Un désert rocailleux ou de la savane ouverte à tous les vents, parfois une ligne sinueuse vert foncé marquant le cours de ruisseaux saisonniers. Une omniprésence animale suggérée par des itinéraires piétinés dans la brousse, pistes multiples convergentes ou divergentes, immense réseau prenant possession du territoire – serait-ce un troupeau d'éléphants, là-bas près d'un bosquet ? Un néant quasi-total de présence humaine. Quand, au terme de ce vol fascinant, elle avait survolé ce qui allait être pendant un certain temps sa résidence, Paola avait eu un instant de panique. Si elle avait voulu tout quitter, elle allait être comblée : un petit groupe de bâtiments sommaires qu'ombrageaient tant bien que mal quelques acacias, des buissons autour, et rien d'autre. Des chemins tracés par des processions de pieds nus se perdaient vite dans la poussière à l'entour.

Mais par la suite, Paola avait rarement eu le loisir d'évoquer cette première impression. Un tourbillon l'avait emportée dès le lendemain de son arrivée, le temps de prendre possession de sa petite chambre au sol de terre battue et au toit de tôle ondulée et d'être présentée à ses nouveaux compagnons – un infirmier kikuyu qui était le responsable du dispensaire, deux infirmières et une aide soignante. Un homme à tout faire avait la charge de l'entretien des bâtiments, de la radio, de la pompe à eau et du groupe électrogène. Le choléra n'était qu'un épisode passager de la vie du dispensaire. Il y avait constamment des cas de dysenterie, des grossesses à problèmes, des accidents variés, toutes sortes de misères arrivaient par ces sentiers venant de nulle part, dans cette région de pasteurs nomades. Il fallait s'occuper non seulement des malades, mais encore de tous les problèmes matériels surgissant à chaque instant de cette vie rustique. Paola avait rapidement retrouvé les gestes précis et les attitudes rassurantes de sa profession, et son arrivée avait grandement soulagé ses trois co-équipiers. Outre les soins aux malades, les vaccinations, les tâches administratives, elle ne rechignait pas à participer à l'entretien. Dès la nuit tombée, elle s'effondrait ivre de fatigue sous sa moustiquaire et dormait d'un sommeil sans rêve. Les seuls patients dont elle se tenait farouchement à l'écart, sans pouvoir dominer sa répugnance, étaient les femmes enceintes et les bébés. Elle avait ressenti une certaine honte la première fois qu'elle n'avait pas pu s'empêcher de laisser délibérément sa collègue s'occuper d'une très jeune fille sur le point d'accoucher, arrivée à pied soutenue par des parentes. Personne n'avait fait le moindre commentaire et par la suite ses compagnons prenaient bien soin d'éviter à Paola ce genre de situation.

Paola aimait les visites hebdomadaires du docteur. Non pas qu'elle accordât consciemment de l'importance à ce lien avec le reste du monde, mais plutôt, pensait-elle, pour vérifier ses propres connaissances et s'assurer qu'elle faisait correctement son travail. Peter était un jeune docteur né dans le pays de parents colons et qui alliait des connaissances très à jour à un amour profond du pays et ses habitants. Il faisait toujours appel à Paola pour l'aider dans les cas difficiles et ne manquait pas de féliciter tout un chacun à chaque occasion. Cette semaine-là, il avait prévenu qu'il ne viendrait pas, pour assister à la naissance de son premier enfant ; il allait être remplacé par un autre "daktari[6]" - une surprise, avait-il déclaré… Tous les habitants du dispensaire attendirent cette surprise avec une impatience puérile. Il ne se passait jamais grand-chose dans ces parages et la moindre surprise annoncée était une fête.

Dès que l'avion des "Flying Doctors" fut visible, Paola reconnut l'immatriculation identifiable entre toutes. « Mama Daktari ! » s'écria-t-elle… Et tous de se ruer au bord de la piste et de suivre des yeux avec ravissement le petit appareil qui transportait une telle célébrité. Mama Daktari, la doctoresse française qui avait été l'une des

[6] « Docteur » en langue swahilie

fondatrices de cette organisation, Mama Daktari, mécanicienne des corps et des moteurs, dont la seule présence suffisait à remonter un malade. Une foule jacassante se précipita vers l'avion dont l'hélice tournait encore... Elle était venue avec son fidèle assistant ; presqu'octogénaire, elle trouvait plus prudent de ne plus piloter seule. Hommes, femmes, enfants surgis d'on ne savait où formèrent un cercle à distance respectueuse de l'appareil, sachant qu'ils se feraient houspiller s'ils en approchaient trop. Dès que la doctoresse mit pied à terre, le chef infirmier vint vers elle, la main tendue. Courts cheveux gris fer, salopette à poches multiples, elle empoigna une sacoche et tendit l'autre à l'infirmier... Elle serra des mains d'une poigne vigoureuse, Paola se sentit toute frêle à côté de cette force de la nature qui l'embrassa et lui trouva bonne mine.

Après avoir vu les urgences, Mama Daktari s'occupa des patients venus à la consultation. Le tam-tam de brousse avait bien fonctionné, car il n'y avait jamais eu autant de monde ! Pendant quatre heures elle examina, consola, piqua, délégua, incisa, pansa, distribua des bonbons et des médicaments, remplit des pages et des pages d'instructions pour le personnel du dispensaire. Un bébé l'inquiétait particulièrement, un bébé atteint de diarrhée et gravement déshydraté. Un instant elle envisagea de l'emmener en avion à l'hôpital puis, considérant Paola, elle changea brusquement d'avis. Prenant avec précaution l'enfant dans ses bras, elle l'installa résolument dans ceux de Paola qui n'eut pas le temps de protester. « Tout ce dont il a besoin, c'est d'attention constante, à toi de jouer, ma petite, tu peux faire aussi bien qu'à l'hôpital. Tu dois parvenir à lui faire absorber plus d'eau qu'il n'en évacue, et dans quarante-huit heures, il sera mort ou sauvé... »

Les premières vingt-quatre heures furent les pires ; malgré la perfusion, le bébé se desséchait à vue d'œil, la moindre gorgée d'eau le faisait vomir et son petit corps se vidait de sa substance. Paola l'éventait constamment pour réduire la transpiration due à la forte fièvre, le baignait dans une eau qui n'était pas assez froide à son gré, le tapotait avec des linges préalablement exposés au courant d'air pour un semblant de fraîcheur, nettoyait sans cesse ses souillures. Le petit être parcheminé n'avait plus la force de pleurer ; il émettait parfois de faibles vagissements chevrotants. Elle évitait de le prendre dans ses bras pour ne pas lui communiquer sa propre chaleur, mais ne le quittait pas une seconde. La menotte squelettique ne se resserrait même plus sur le doigt de Paola lorsqu'elle la touchait. Elle redoubla ses efforts, ne sentant plus sa fatigue. Cette petite chose d'un noir luisant devait vivre, c'était son défi. Et il n'y avait pas de glace au dispensaire… La relative fraîcheur de la nuit fut accueillie avec soulagement. Paola installa son patient sur la véranda, sur un pagne qu'elle humectait souvent, elle lui soufflait dessus pour aider la légère brise nocturne à lutter contre la fièvre. Epuisée, elle s'assoupit. Un sursaut la réveilla, était-ce des minutes ou des heures plus tard ? Dans le silence de la nuit, l'enfant ne bougeait plus. Prise de panique, Paola toucha le petit corps, incrédule – il était frais… Saisie d'angoisse, elle approcha son visage de celui du bébé, minuscule et fripé ; elle perçut un léger souffle. Envahie d'espoir, elle passa le reste de la nuit à le couver des yeux, se contentant de surveiller la perfusion. Au matin, son protégé s'éveilla et pleura avec de vrais pleurs, il reprenait des forces. Elle s'enhardit à lui donner un biberon d'eau sucrée. La partie avait l'air gagnée.

Une étape avait été franchie. A partir de ce jour-là, Paola ne chercha plus à éviter les futures mères et les nouveau-nés. Elle n'en devint que plus performante et se laissa plus fréquemment aller à penser à Luigi. Jusque là, chaque fois qu'une bribe de sa vie passée se présentait à son esprit, un rideau de fer tombait instantanément et elle se concentrait farouchement sur le présent. Dès lors, elle se surprit à évoquer avec plaisir les moments passés avec Luigi. Elle y errait comme dans un rêve. A la même époque, elle prit conscience du fait que, curieusement, son corps avait été exempt de tout désir sexuel pendant tout ce temps, plongé dans une sorte de léthargie des sens. Jamais plus elle ne l'éveillerait.

En un an, elle alla seulement deux fois rendre visite à ses parents qui, tout en étant rassurés sur son état physique, l'exhortaient à affronter enfin le monde réel. « Mais je vis dans le monde réel, allez dire aux nomades des territoires du nord que leur monde n'est pas le vrai, que leurs souffrances ne sont pas réelles, que leur lutte quotidienne pour la vie est imaginée. Pour des millions de gens sur terre, cette vie est la seule réalité. »

Un jour, dès sa descente d'avion, Peter annonça à Paola qu'il avait une grande faveur à lui demander. Puis il se mit au travail et tout en l'assistant sans mot dire, Paola ne cessait de s'interroger sur l'objet de cette requête. Enfin, le jeune docteur fut prêt à repartir.

- Voilà, j'aimerais pouvoir t'emmener avec moi la semaine prochaine, on a besoin de toi ailleurs, je t'ai trouvé une remplaçante. D'accord ?

- Mais... Un instant... Où a-t-on plus besoin de moi qu'ici ? Où veux-tu m'emmener ?

- A Nairobi.

- Pas question, je déteste cette ville, je reste ici.

- Bien sûr, tu es plus tranquille ici, hors du temps, c'est plus confortable, n'est-ce-pas ? Tu peux tout à loisir lécher tes blessures sans avoir de décisions à prendre... Tu ne me demandes même pas de quoi il s'agit.

Tout d'abord interdite à l'énoncé de cette abrupte accusation, Paola la trouva méritée.

- Excuse-moi... De quoi s'agit-il ?

- Une fondation américaine finance un programme de recherche et d'aide aux orphelins séropositifs dont les parents sont morts du sida… Ils ont besoin de quelqu'un comme toi pour diriger le personnel infirmier, tu en as les capacités et les qualités humaines. Il serait très égoïste de ta part de refuser... Pardonne ma brutalité, mais il y a urgence. Et si tu détestes la capitale, ne t'inquiète pas, tu seras dans une banlieue populaire, pas dans les beaux quartiers… Tu seras confrontée à la misère authentique, la misère urbaine…

- Il semble que je n'aie pas trop le choix, répondit Paola après un silence. Je serai prête la semaine prochaine.

-5-

Il pleut et il n'y a rien de plus triste que Nairobi sous la pluie. Et aujourd'hui est un de ces jours où la couleur a été retirée de l'image. Les employés de bureau vêtus de costumes sombres n'ont que le col blanc de leur chemise pour éclairer leur personne. Et ni les citadines en tailleur gris ou brun ni les touristes en kaki – safari oblige - ne sauvent la situation. Quant à la végétation, rien que du vert désespérément foncé, car les fleurs multicolores n'ont pas résisté aux averses. Seul le rouge des plaques d'immatriculation des voitures diplomatiques ou des Nations Unies réchauffent un peu le tableau dans les embouteillages à perte de vue. Cette vaine agitation est si éloignée de la paix de la brousse…

Paola avait l'air d'un oiseau en cage, dans ce bureau en ville où elle attendait d'être présentée à son futur employeur puis d'être conduite sur son nouveau lieu de travail. Emmitouflée dans un lainage qu'elle n'avait pas porté depuis bien longtemps, chaussée de vraies chaussures, elle regrettait presque sa décision. Seule la pensée que Luigi aurait approuvé la soutenait. Elle essayait très fort de le sentir à son côté pour ne pas céder au découragement, renoncer, prendre la fuite.

La porte s'ouvrit et un homme ayant à peine dépassé la trentaine entra en compagnie de Peter ; c'était un grand gaillard brun aux yeux bleus d'enfant et aux joues pleines. « Mark Ross », dit-il en lui tendant la main. « Il est si américain, pensa Paola, cordial, sourire éclatant, ne connaissant pas le doute, je ne m'entendrai jamais avec lui… Il déborde de santé et de certitudes, insupportable… » Mais le premier mouvement de rejet écarté, elle se reprit – elle allait l'éduquer, cet adolescent attardé bourré de vitamines, elle allait lui montrer…

Hormis les longues heures de travail sans compter, cette nouvelle activité n'avait pas le moindre rapport avec la précédente. Le petit bâtiment préfabriqué qui abritait les travaux de la mission médicale avait été érigé au milieu de bidonvilles à l'hygiène douteuse, in situ, sur le terrain même où vivaient les "échantillons" étudiés. La plupart habitaient avec leurs grands-parents ou d'autres membres survivants de leur famille, mais un petit nombre d'orphelins seuls au monde vivaient sur place, dans un bâtiment similaire au premier, aux soins de deux femmes africaines au grand cœur qui les traitaient comme leurs propres enfants. Un logement agréable avait été aménagé et le budget de la fondation avait même permis l'achat d'un téléviseur.

Pas de souffrances immédiates à soulager, ici, pas de guérisons, mais des constats successifs et sans fin des dégâts du mal insidieux qu'était le sida. A la fin de chaque jour, Paola ressentait l'impuissance née du manque des petites satisfactions d'autrefois, des maladies vaincues et des douleurs calmées, même partiellement, même temporairement. Ici ce n'était que prélèvements, tests, analyses et formulaires à compléter. Heureusement, son rôle à elle consistait aussi à rassurer les petits cobayes qui fréquentaient le centre. Ces innocentes victimes étaient souvent des enfants apparemment sains et débordants de joie de vivre ; combien il était désespérant d'avoir à guetter les signes de faiblesse et d'essayer de deviner sous quelle forme la maladie se déclarerait. Comme il était frustrant de travailler sans espoir ! Il fallait sans cesse se répéter que tous ces efforts n'étaient pas vains mais porteraient leurs fruits dans le futur, mais c'était difficile.

Déterminée tout d'abord à s'installer seule dans une petite pension tranquille, Paola avait dû, dès le premier jour de cette nouvelle mission, se remettre au volant d'une voiture. Comme il était hors de question de loger sur son lieu de travail et que les transports en commun étaient à exclure, elle n'avait pas le choix. Elle avait failli accepter que Mark la transporte, la première semaine, puis s'était promptement ravisée, honteuse de sa faiblesse. Il avait fallu à la jeune femme trois bons mois pour accepter la proposition d'amis d'autrefois qui lui offraient une aile de leur maison. Elle avait tout d'abord refusé avec véhémence, pour ne pas avoir à parler de Luigi et rencontrer d'anciennes relations – elle sentait que jamais plus elle ne pourrait être elle-même avec des témoins de sa vie antérieure.

Avec Mark, Paola n'entretenait que des rapports strictement professionnels et avait résisté à toutes ses tentatives d'apprivoisement des premiers jours. Il y avait d'ailleurs provisoirement renoncé. Au fil des semaines, cependant, elle s'humanisait progressivement au contact de ces enfants auxquels elle s'attachait. Mark, qui l'observait, avait vu peu à peu s'effriter la gangue qui l'entourait. Le visage dur et fermé des premiers jours s'éclairait de plus en plus souvent d'une lueur de tendresse envers les jeunes patients. Lors de leur première rencontre, Mark avait eu devant lui une personne de petite taille, sèche comme un cep de vigne, les suites de l'accident et la vie frugale du dispensaire lui ayant fait perdre toutes rondeurs superflues. Le visage émacié et tanné à l'ossature bien marquée - pommettes hautes, nez droit et menton pointu – n'était adouci ni par le regard sévère des yeux vert olive ni par la coupe très courte des cheveux blond vénitien. Mais tout son être, bien que noueux, se mouvait avec grâce et ses gestes démentaient son abord rébarbatif.

Mark notait attentivement les progrès opérés chez son infirmière. Paola, dégagée de sa carapace, devenait plus que jolie, et sur ses traits affirmés la dureté faisait place à la noblesse. Comment faire pour que la tendresse s'installe à demeure sur ce visage ? Et comment finir par y amener un sourire adressé à quelqu'un d'autre qu'à un enfant déshérité ? Le jeune médecin avait au premier coup d'œil été captivé par la personnalité de son assistante et ses rebuffades du début avaient attisé son intérêt. Il admirait ses manières fermes et douces à la fois, son efficacité professionnelle, ses suggestions pertinentes ; il en vint très vite à l'associer à ses recherches car elle apportait une approche fraîche et dépourvue d'a priori. Et, curieusement, ce fut par ce biais qu'il put, au bout de plusieurs mois de diplomatie, remporter sa première victoire. Ayant pris l'habitude d'avoir un entretien avec elle le soir au laboratoire pour faire le point sur le travail de la journée, il en vint tout naturellement à l'inviter à dîner pour poursuivre une conversation passionnante sur l'évolution d'un cas étudié. A sa surprise ravie, elle accepta. Au cours du dîner, elle se détendit suffisamment pour lui avouer sa prévention contre lui, au début. Elle était prête à sortir ses griffes au moindre écart, admit-elle – l'occasion ne s'en était pas présentée… pas encore, ajouta-t-elle en riant.

-6-

En moins d'un an, Paola avait repris ce que ses parents qualifiaient de vie normale, urbaine et autonome, les journées de travail alternant parfois avec un semblant de vie sociale. Et ses rapports avec son employeur étaient devenus amicaux. Elle reconnaissait avec honnêteté que c'était mieux ainsi pour tout le monde, à commencer par ses petits patients qui s'étaient pris d'une affection sans borne pour cette femme blanche qui à leur contact avait réappris à sourire.

Mark demeurait néanmoins très prudent, sentant que Paola se refermerait comme une huître s'il devenait trop familier ou trop personnel. Il prenait bien soin de trouver des prétextes professionnels pour toute activité extérieure au centre.

- Nos commanditaires arrivent des Etats-Unis pour nous apporter leur soutien et se rendre compte sur place de nos travaux ; ils souhaitent par la même occasion visiter un parc national, tu nous accompagneras…

- Mais…

- Il n'y a pas de mais, ils y tiennent... et tu n'as pas pris un seul jour de congé depuis ton arrivée, ce qui n'est pas très bon pour ton rendement. D'ailleurs, nous avons besoin d'un guide et tu es la seule autochtone du groupe… Il rit. Nous emmenons aussi Margaret et David, ils seraient terrorisés à l'idée de se trouver seuls avec trois Yankees.

Margaret et David étaient les aînés du groupe de pensionnaires. Une préadolescente au comportement déjà maternel envers les plus jeunes, et un garçon trop chétif pour ses treize ans, mais pétillant d'intelligence et de vivacité. Il n'y avait pas de refus possible. Ne serait-ce que pour les enfants, il ne restait plus à Paola qu'à affronter ce nouvel obstacle, se retrouver pour la première fois dans une réserve d'animaux.

Les visiteurs étaient arrivés. Les craintes vagues de Paola à leur égard ne s'étaient pas matérialisées. Ni missionnaires, ni technocrates, il s'agissait d'un homme et d'une femme d'âge mûr à la conduite dictée par le bon sens. Ils n'étaient pas descendus dans un hôtel international mais étaient hébergés par Mark. Paola était rassurée. L'argent de la fondation n'était pas gaspillé. D'autre part, elle n'avait pas prévu la présence d'une femme et elle se sentait en confiance en la compagnie de cette aînée. Ils passèrent une semaine studieuse au centre de recherche, s'intéressant à tous les aspects de la mission, une semaine gratifiante tant pour Mark que pour Paola et les autres employés, car leur action rencontra l'approbation de leurs commanditaires. Tant et si bien que la perspective du mini-safari, au lieu d'être perçue par Paola comme une épreuve à surmonter, se mua jour après jour en une récompense attendue avec impatience.

Le minibus sillonne méthodiquement la réserve. Les premiers zèbres aperçus arrachent aux enfants des exclamations ravies. Ces deux petits produits des bidonvilles n'ont jamais côtoyé d'autres animaux sauvages que des chiens errants ou des corbeaux. Ils dévorent avidement le paysage infini, leurs grands yeux écarquillés. Au détour de la piste, deux girafes broutent nonchalamment les branches épineuses d'un acacia. Un peu plus loin, un petit groupe de gazelles de Grant lève la tête à l'unisson, prêt à détaler à la moindre alerte. A force de fouiller la brousse du regard, Paola aperçoit enfin ce qu'elle cherchait ; elle pose sa main sur le bras de Mark pour lui signifier de s'arrêter et montre du doigt une souche légèrement sur leur droite. Un guépard y est assis, parfaitement immobile, scrutant la savane à la recherche de ses futures proies. Tout revient... elle connaissait bien cette réserve, l'une de ses favorites, et elle savait que ce terrain était un habitat de prédilection pour les guépards, elle était sûre d'en trouver, et il est là, croisant son regard. Elle redoute que l'un des Américains ne brise l'enchantement en prenant des photos ou en filmant. Mais non, ils sont immobiles, les yeux rivés sur le majestueux animal. Elle se souvient avec amusement de ses safaris avec Luigi. Ils n'en ramenaient pratiquement jamais de photos, trop captivés par le spectacle pour le voir à travers un objectif. Le monde sauvage est toujours là, tout est exactement comme autrefois – comme avant – même le guépard est au rendez-vous – tout lui procure la même émotion, le même bonheur. Pourquoi a-t-elle pensé que jamais plus rien ne serait pareil pour elle, est-elle donc si présomptueuse ? La nature ne change pas pour un accident de voiture... Et pour la première fois, l'évocation de Luigi est indolore.

-7-

Mark fut alerté vers une heure du matin par un appel téléphonique affolé de Joséphine, la responsable de l'orphelinat. Un incendie s'était déclaré non loin du Centre et elle craignait pour les enfants et les installations. Il se rhabilla en toute hâte, sauta dans son véhicule et passa prendre Paola en cours de route. Un rougeoiement visible de loin nourrit leurs craintes. Les sinistres dans ces quartiers étaient généralement très destructeurs. Souvent trop pauvres pour avoir l'électricité, la plupart des habitants s'éclairaient et cuisinaient au kérosène.

Beaucoup de maisons étaient faites de matériaux de récupération. De plus, il n'avait pas plu depuis plusieurs semaines et des points d'eau publics ne s'écoulait qu'un mince filet du précieux liquide. Toutes les conditions d'un désastre étaient réunies. Mark et Paola n'échangèrent pas une parole au cours du trajet parcouru à toute vitesse à cette heure de peu d'affluence ; ils furent très vite à proximité du Centre.

Dans la nuit embrasée, une foule bruyante et désordonnée s'agitait en tous sens et, malgré le tumulte, les crépitements du brasier étaient perceptibles. Laissant la voiture à distance prudente, Paola et Mark se précipitèrent vers leurs bâtiments. Ils constatèrent avec soulagement que le plus grand calme y régnait. Joséphine et son aide avaient fait habiller les enfants qui étaient assis dans la salle commune et chantaient une chanson à la lueur de quelques lanternes, le sinistre ayant endommagé les lignes électriques. Tous les récipients disponibles étaient remplis d'eau. Mark félicita les deux femmes de leur initiative et loua les enfants pour leur sang-froid qu'il les encouragea à conserver. Le foyer principal se trouvait deux rues plus loin.

Rassurés dans l'immédiat pour leurs protégés, le médecin et son infirmière se hâtèrent sur les lieux de l'incendie pour se rendre utiles. Dans une grande confusion, avec les faibles moyens dont ils disposaient, quelques hommes essayaient de prendre les opérations en main et d'aider les habitants paniqués à quitter les locaux les plus menacés. Certains, hébétés, serrant un enfant, un baluchon ou une bouilloire contre eux, regardaient brûler ce qui avait été leur domicile. Il ne restait qu'à circonscrire le sinistre et à laisser se consumer ce qui était déjà la proie des flammes, en s'assurant que tous les occupants en étaient sortis. Tandis que Mark aidait à arroser d'eau les parois et les portes des maisons voisines, une vieille femme affolée vint chercher Paola, la tirant par la main vers le plus éloigné des logements de la zone enflammée. -

- Il y a trois enfants, là-dedans… leur mère les enferme à clé quand elle s'absente pour la nuit… Vite, il faut les sauver !

La porte en tôle ondulée était effectivement cadenassée de l'extérieur ; l'aîné des enfants avait cassé la vitre de la fenêtre pour appeler au secours. Malheureusement, les croisillons de métal qui protégeaient l'orifice empêchaient les prisonniers de sortir. Paola ameuta deux hommes. Saisissant deux gros cailloux, ils parvinrent au bout de plusieurs tentatives à fracasser le cadenas pendant que par la fenêtre, Paola tentait de rassurer les enfants. Le plus âgé devait avoir six ans ; derrière lui, une fillette d'environ quatre ans qui sanglotait sans larmes disait quelque chose à propos d'un bébé. Se ruant à l'intérieur, la fumée lui piquant les yeux, Paola aperçut un petit paquet vagissant dans un coin noirci. Le feu s'était propagé de l'atelier mitoyen par l'espace existant entre le haut de la cloison et le toit de tôle, et avait embrasé les rideaux et les vêtements accrochés à un fil tendu en travers de la pièce. Le matelas sur lequel était couché le bébé avait pris feu, mais il semblait que les plus grands aient réussi à l'éteindre. A toute allure, Paola retourna au Centre chercher une couverture trempée dans l'eau puis, ayant appelé Mark à la rescousse, retourna en courant vers le local surchauffé et vers le bébé qu'elle saisit avec délicatesse dans la couverture mouillée. Elle avait tout de suite évalué la situation : les vêtements en acrylique du bébé avaient fondu sur sa peau et y adhéraient. L'enfant hurlait de douleur.

Les pompiers avaient fini par arriver sur les lieux entre temps, sans autre moyen de lutte que leur bonne volonté. L'incendie perdait en intensité, faute de combustible. S'étant assurés que des gens s'occupaient des deux autres jeunes rescapés, Mark et Paola coururent vers la voiture et foncèrent vers l'hôpital. Bousculant quelque peu l'infirmier de nuit, Mark appela au téléphone un collègue américain, un médecin militaire qui était expert dans le traitement des brûlures. Le bébé, inconscient, ne pleurait plus.

Aux urgences, la lutte contre la mort commença dès l'arrivée de l'autre médecin. Mark et Paola s'étaient improvisés assistants et exécutaient scrupuleusement les instructions brèves que leur donnait leur collègue au cours d'une éternité de soins minutieux. Enfin le petit corps nu écorché à vif reposa sous une tente stérile. Après un dernier examen et ayant ajusté la perfusion, le médecin leva les yeux vers ses aides : « Il va probablement s'en sortir. » Alors seulement Paola, épuisée, les yeux rougis et le visage noirci, se laissa aller contre la poitrine de Mark dont les bras se refermèrent autour d'elle.

Le jour se levait.

Samburu

Elle a faim…

Durant ces trois jours elle n'a pratiquement rien mangé, à la différence de ses petits qui la tètent voracement. Sa vie a basculé le jour où elle a quitté le groupe pour leur donner naissance. Elle avait dû repérer inconsciemment cet amas rocheux garni de buissons épais car elle s'y était dirigée directement, le moment venu. Depuis la nuit où quatre vies ont surgi de la sienne, elle n'a jamais été aussi seule, et aussi occupée – les nourrir, les nettoyer, veiller à leur sécurité, mais aussi se nourrir elle-même. Leur survie à tous en dépend. Heureusement, ils ne sortent pas encore de l'antre où ils sont nés et elle peut de temps en temps partir en quête d'un repas. Mais, affaiblie par l'accouchement et l'allaitement, elle manque plus souvent sa proie qu'auparavant. Elle n'ose pas encore retourner chasser avec les autres, elle ne peut prolonger ses absences, ses petits sont encore tellement vulnérables.

Laissant une fois de plus ces quatre boules de fourrure tachetée dans la pénombre, elle repart tenter sa chance. La lumière l'éblouit. Le soleil est déjà très haut dans le ciel d'un bleu implacable. Il n'a pas plu depuis longtemps et le sol n'est qu'une étendue de fine poussière dorée. Elle sait que sa meilleure chance de trouver de la vie est de se diriger vers la rivière, dont le cours entretient la seule verdure de la région. Qui dit verdure dit herbivores… Les grands acacias offrent leurs épines aux girafes réticulées ; des oiseaux nichent dans les raphias, les palmiers sauvages et les papyrus. Et puis il reste des zones d'herbe, ici et là. Elle aimerait bien trouver quelque chose de plus consistant que les pintades dont elle a dû se contenter lors de ses dernières tentatives, toute fierté oubliée – des volailles, piètre butin ! Même si ce moment de la journée n'est pas le plus propice à la chasse, elle n'a vraiment pas le choix.

La jeune mère ne cherche même pas à se dissimuler pour parcourir la distance qui sépare son nid de la rive verdoyante. Les côtes saillantes, les mamelles pendantes, elle progresse avec lassitude, mais son pas a gardé des traces de son élasticité naturelle. Elle traverse la piste à un mètre des roues d'un minibus transportant des touristes, sans même lui accorder un regard. Le véhicule s'est arrêté, ses occupants ébahis et silencieux. Cette lionne-là porte dans sa démarche toute son histoire et le chauffeur décrit à mi-voix à ses passagers fascinés ce qu'il devine de la condition du beau félin.

Non loin de là, à demi dissimulée par les buissons, une famille de phacochères batifole dans les grandes herbes déjà passablement jaunies, à l'ombre des majestueux acacias newtonia qui étalent généreusement leurs branches. La lionne affamée les aperçoit. Elle considère pleine d'espoir les trois porcelets dodus qui sont plus près d'elle que leurs parents. Elle se glisse sous leur vent, pas de danger d'être sentie. Si elle parvenait à en attraper un, elle ne ferait qu'une bouchée de cette chair tendre ; ce ne serait pas suffisant pour calmer totalement sa faim, loin de là, mais elle reprendrait au moins quelques forces jusqu'à la prochaine occasion. Son attitude s'altère immédiatement. La chasseresse est en éveil. Tous muscles bandés, elle se tapit dans l'herbe et demeure immobile assez longtemps pour s'assurer qu'elle n'a pas été repérée. Les parents phacochères sont toujours relativement éloignés de leurs jeunes, qui poursuivent leurs ébats tout en cherchant au sol de quoi manger.

Elle se rapproche de quelques mètres, profitant d'une rafale de vent pour que ses mouvements passent inaperçus. Elle rassemble ses forces. Si elle est assez rapide, elle peut être sur sa proie en trois ou quatre foulées. Elle hésite une fraction de seconde avant de s'élancer ; c'en est assez pour attirer l'attention du phacochère mâle qui, réalisant instantanément le danger, fonce furieusement sur cette créature redoutable qui fait plus du double de sa taille, suivi de près par sa femelle. Déconcertée, la lionne brise sa charge et les jeunes phacochères en profitent pour s'enfuir, bientôt rejoints par leurs géniteurs. Les cinq queues dressées à la verticale telles des antennes se perdent bientôt dans les broussailles…

Toute l'action a duré moins d'une minute. La chasseresse renonce à poursuivre les fuyards. Elle se retrouve seule, hors d'haleine et tout aussi affamée qu'auparavant. De plus, elle est affaiblie par l'effort fourni. Le silence et la poussière retombent doucement sur la scène où, pour cette fois, aucun être n'a perdu la vie. Les témoins de son échec ont poursuivi leur route, probablement déçus de ne pas avoir pu photographier une de ces tragédies quotidiennes du monde sauvage, ne se rendant certainement pas compte que l'absence de victime est en elle-même une tragédie pour la chasseresse.

Elle promène autour d'elle ses yeux en amande d'or, ne sachant visiblement pas vers où diriger ses pas. Elle s'attarde à l'ombre, le temps de reprendre son souffle. Elle est tentée de s'allonger un instant sous les frondaisons – il fait si accablant en plein soleil – mais elle sent confusément que si elle se couche elle risque de ne pas trouver le courage de se lever… et ses lionceaux ont besoin d'elle. Ils ont ouvert les yeux depuis peu et ne tiennent pas encore bien sur leurs pattes. Les laisser sans nourriture et sans surveillance serait les vouer à une mort certaine. Hier, déjà, des hyènes rôdaient dans les parages. Et hier, elle était plus forte qu'aujourd'hui.

Dans un sursaut d'énergie, elle se remet en mouvement. Tête basse, comme avec résignation, elle quitte lentement le couvert et marche sur la berge élevée, le long du cours d'eau encore abondant, bien que la sécheresse en ait rétréci le lit. Elle finit par trouver un passage lui permettant de descendre jusqu'au niveau des flots boueux ; accroupie, elle boit à longues lampées pour calmer sa soif et tromper sa faim.

Bientôt ses petits seront assez vigoureux pour être laissés seuls plus longtemps. Elle pourra retourner chasser avec les siens, sachant que les lionceaux livrés à eux-mêmes ne s'aventureront hors de leur cachette que si elle les appelle. Elle leur rapportera des morceaux de viande, pour les familiariser avec la chair fraîche qu'ils ne goûteront pleinement que plus tard, lorsqu'ils auront des dents. Au bout de cinq semaines environ, elle pourra enfin reprendre sa place dans le clan avec sa descendance. Elle présentera sa progéniture aux lionceaux nés des autres femelles de la génération de leur mère. Et ce sera une période de bonheur et de jeux partagés, de chasses et de combats pour la vie.

Mais il faut qu'elle dure jusque là. Et pour durer, il faut qu'elle mange. Il n'y a pas si longtemps, elle-même faisait partie de ces jeunes insouciants qui chassaient, jouaient, mangeaient et dormaient. Puis un jour il y a eu ce grand mâle qui ne l'a pas laissée en paix pendant des journées entières. Depuis ce moment-là, elle est responsable de plusieurs vies.

Elle s'arrache à la trop plaisante humidité du bord de l'eau et se dirige vers les fourrés qu'elle aperçoit au loin. Si Dieu est bon, elle trouvera là-bas quelque proie sans méfiance.

Mission

-1-

Kilifi Creek, l'un des bras de mer qui entaillent la côte du Kenya au nord de Mombasa.

En ce début d'après-midi de saison des pluies, le bateau de pêche au gros est prêt à prendre la mer. Il ne sort jamais à ce moment de la journée, il sort très tôt le matin et normalement à cette heure-ci il rentre, s'il n'est pas déjà nettoyé et préparé pour la nuit. Mais aujourd'hui il ne va pas à la recherche de bancs de poissons pour donner à un touriste étranger la satisfaction d'arracher de haute lutte à son élément un marlin ou un poisson-voile. Il va appareiller pour une mission très spéciale, et personne n'a jugé bon de garnir la glacière de boissons fraîches. Le temps n'est pas très chaud et de gros nuages gris poussés par un vent assez fort masquent souvent le soleil.

Un véhicule utilitaire et une voiture blanche s'arrêtent en haut du débarcadère. Il en descend un pasteur néo-zélandais et son assistant kényan, un médecin ougandais, un avocat indien, et un colis. Le maître du bateau appelle ses employés d'une exclamation brève. Lorsqu'il est extrait du véhicule, le long paquet enveloppé d'une bâche robuste accuse son poids et il faut plusieurs paires de bras pour en transporter jusqu'au bateau la masse inerte. On embarque ensuite un bloc de béton et un rouleau de corde. Puis les cinq passagers prennent place, un peu empruntés, de part et d'autre du fardeau. Les guide-lignes et le “fauteuil de combat” paraissent tout à fait déplacés pour ce public-là.

Le moteur est lancé, le voyage commence. Les eaux du fjord sont relativement calmes, mais dès le débouché sur la haute mer, l’océan est déjà assez agité. L’embarcation et ses passagers devront parcourir six miles marins pour sortir des eaux côtières. Franchie la barrière de corail et sa protection naturelle, les moutons ballottent fortement le petit bateau. Le prêtre sent le mal de mer l’envahir et doit faire des efforts prodigieux pour le surmonter. Heureusement, il y a de quoi s’occuper pendant le trajet : arrimer le bloc de béton au paquet allongé. Tout d’abord, un savant réseau de boucles enserre le bloc, laissant libres les bouts du cordage qui sont ensuite passés dans les œillets prévus à cet effet à une extrémité de la bâche. Cette opération demande toute la dextérité du patron-pêcheur avec l’aide inexperte de ses clients qui ont toutes les peines du monde à conserver leur équilibre. Lorsque le résultat est vérifié et jugé satisfaisant, le silence s’installe jusqu’à l’arrivée à destination.

Le marin coupe le moteur et jette l’ancre. La côte n’est plus du tout visible. Les vagues sombres ourlées d’écume blanche et les nuages gris constituent l’unique décor. Le malheureux ecclésiastique est verdâtre ; un bateau à l’ancre sur une mer agitée est ce qu’il y a de pire dans son cas. Il sort des profondeurs de sa poche une feuille de papier qu’il déplie avec précaution pour éviter que le vent ne l’emporte. Avant de commencer à lire à haute voix le texte qu’elle contient, il explique à ses compagnons le déroulement de la cérémonie : le colis doit être hissé sur le bastingage, poids en avant, et après la prière, puisque prière il y aura, chacun posera sa main sur le paquet. La simple opération de monter au niveau du bastingage le bloc de béton laisse les protagonistes essoufflés et peu attentifs aux paroles du pasteur, des mots hâchés par la brise, qui parlent d'au-revoir et d'offrande à l'océan ; chacun est plus absorbé dans ses propres pensées. Des mouettes tournoient au-dessus du groupe, comme si elles escortaient un chalutier dans l'attente de la remontée des filets. Le prêtre a terminé sa prière. Il demande aux autres de soulever la partie du pesant fardeau qui repose toujours au fond du bateau. Dès que le paquet a été décollé des planches et avant que qui que ce soit n'ait eu le temps d'avancer la main pour la communion tactile prévue, la bâche, son contenu et le bloc de béton plongent brutalement dans les flots, disparaissant sans laisser de traces, les vagues brouillant instantanément les ondes provoquées par l'immersion.

Les mouettes lancent leur cri, Liz a rejoint David. Son corps nourrira les poissons de l'océan Indien, de cet océan qui a été son horizon pendant les années les plus heureuses de sa vie. Un petit bouquet de roses jaunes danse à la surface de l'eau. Le marin lève l'ancre. Pas une parole n'est prononcée dans l'embarcation qui remet le cap sur Kilifi. Un rayon de soleil déchire les nuages et vient brièvement poser un doigt de lumière sur les roses jaunes, puis d'épais panaches de coton anthracite le cachent définitivement.

-2-

Il est deux heures de l'après-midi. Le temps est orageux, le plafond bas de nuages n'est pas assez chargé pour produire la pluie que tout le monde souhaite. Un certain calme de mi-journée règne encore. Les corneilles ne reprendront que plus tard leur sarabande discordante. L'opération a dû commencer. Liz en est la vedette, cinq chirurgiens ou autres spécialistes penchés sur ses neuf tonnes - c'est ainsi qu'elle décrit son embompoint les jours où elle est très en forme, d'autres fois elle en reste à deux tonnes... La vedette, parce qu'en anglais la salle d'opération est le “theatre”, le théâtre (des opérations ?). Sa connaissance du français est-elle suffisante pour apprécier ce détail ? Il faudra le lui mentionner, si elle se réveille. Car Liz est une sorte de diva, et faire sa sortie au théâtre est exactement ce qui lui conviendrait. Malheureusement, dans ce genre de théâtre, elle n'aurait pas le public qu'elle mérite ; combien d'assistants assistent cinq officiants ? Pas plus de cinq, probablement, même pour neuf tonnes... l'espace est limité, autour d'une table d'opération. Tout compte fait, il vaudrait mieux qu'elle en revienne, pour donner à la vie le temps de lui organiser une sortie moins furtive.

Liz est une force de la nature toute cassée à l'intérieur. Un mensonge vivant - pour combien de temps encore ? Elle s'est constitué une énorme carcasse pour tromper l'ennemi - pour protéger ses meurtrissures ? Mais elle est trahie par sa voix, une voix enfantine, haut perchée, cristalline aux heures d'enthousiasme, mélodieusement veloutée le reste du temps. Qui ne la connaîtrait que par téléphone imaginerait une très jeune fille aux grands yeux clairs se posant sur tout avec un émerveillement avide, un corps gracile, un comportement primesautier, des cheveux blonds, car un tel timbre de voix ne peut évoquer que la clarté... Une bonté innée avec ce qu'elle suppose de sympathie, de compréhension et de tolérance, une bonne humeur permanente, une absence totale d'égoïsme. Est-ce qu'un tel caractère existe vraiment ? C'est exceptionnel... Mais Liz est exceptionnelle.

Confronté à la réalité, l'interlocuteur de cette personne idéale se trouve en face d'une tour de soixante-six ans, un mètre quatre-vingts et environ cent vingt kilos, au visage lisse de petite fille, deux yeux plissés d'humour - tout le reste concorde avec le portrait téléphonique.

Au fond, elle aimerait bien ne pas se réveiller, Liz, c'est peut-être sa première crise d'égoïsme. Car la catastrophe physique qui l'a conduite sur cette table d'opération par cet après-midi de saison des pluies tropicale réduit à néant tout l'édifice constitué à grand-peine ces derniers mois, cette vie rêvée qu'elle était sur le point d'atteindre. Et elle ne se sent pas d'attaque à se retrouver avec les débris, à devoir balayer, recoller, jeter et encore moins recommencer - elle n'en aura plus ni la force, ni l'envie, ni les moyens, si elle sort de ce tunnel...

C'est exactement ce qu'elle s'est dit lorsqu'elle a été introduite dans un autre tunnel, une semaine auparavant... Le corps médical incrédule de ce qu'il découvrait dans ses pauvres entrailles tricotées de douleur l'a envoyée en ambulance dans l'établissement hospitalier voisin qui disposait du scanner le plus moderne de la région. En voyant cette minuscule civière et ce long tube, dans cette pièce qui ressemblait à une station spatiale, elle a d'abord dit en riant à l'infirmier qu'elle ne tiendrait jamais là-dedans, c'était bien trop petit... Mais non, Memsab, avait répondu l'homme noir amusé, le diamètre du tube peut vous contenir, vous verrez... Enfin, façon de parler... on n'y voit goutte, à l'intérieur... en se sentant glissée dans l'obscurité, deux pensées se sont rapidement succédé dans son esprit. Elle s'est d'abord revue, l'un de ces jours de Noël, glissant la dinde grasse dans le four, dodue et rebondie de farce... peut-être a-t-elle aussi pensé fugitivement à une incinération, la sienne, ou à celle que l'amour de sa vie lui avait épargnée, il y a quatre ans, David qui s'était donné la mort comme Hemingway, en se tirant un coup de carabine dans la bouche... David qui n'avait trouvé que ce moyen pour échapper à ses contradictions, David qui avait voulu que sa dépouille nourrisse les poissons... Puis, alors que les ténèbres se refermaient sur son corps allongé et impuissant, elle s'est souvenue de ce film qui l'avait transportée autrefois - 2001, Odyssée de l'espace... et alors elle a souhaité redevenir fœtus. Elle a eu envie de protester lorsque le plateau qui la supportait a été ramené à l'extérieur, à la réalité - ce n'était pas ainsi que le film finissait...

Cet épisode de sa vie - le dernier si ses vœux sont exaucés - a commencé deux semaines auparavant. Elle ressentait une certaine fatigue qu'elle attribuait à l'excitation et à la dépense physique des grands préparatifs. Trier, organiser, emballer, vendre, avaient occupé le plus clair de ses journées, ces derniers temps. Elle avait beaucoup aimé ce que son amie française lui avait dit à propos de cette expression, “le plus clair de son temps”... elle n'était certainement pas comme le héros de Boris Vian qui passait le plus clair de son temps à l'obscurcir... elle devrait s'intéresser davantage au français, pour pouvoir goûter ce genre de chose...

La fatigue demeurait, même après les bains relaxants et les infusions qui habituellement la remettaient sur pied. Elle en vint à ne plus avoir la force de jouer avec les trois M, ses teckels chéris, Marmeduke, Montmorency et Maximilian - et à laisser aux domestiques le soin de s'occuper des trois bergers allemands. Alors, une petite sonnette d'alarme a commencé à tinter tout au fond d'elle-même. Quelque chose se préparait, quelque chose qui allait encore faire bifurquer sa vie aux ramifications multiples.

Les douleurs abdominales ont commencé un vendredi soir. A ce stade on peut toujours essayer de se convaincre qu'il s'agit d'une de ces innombrables attaques virales qui vont et qui viennent en saison des pluies. La nuit n'apportant aucun soulagement, le samedi matin Liz a préparé une petite valise contenant principalement de quoi écrire, fait ses recommandations aux fidèles compagnons de sa vie quotidienne à propos de sa famille à quatre pattes et téléphoné au médecin... qui ne serait libre que dans l'après-midi... A midi, complètement tordue de douleur, Liz a pris sa valise et sa voiture, en se disant qu'elle devait atteindre l'hôpital coûte que coûte. Serrant les dents, concentrant toute son attention sur sa conduite, souhaitant que la circulation lui soit clémente, frémissante de douleur et de détermination, elle parvint à éviter tous les nids-de-poule, toutes les chèvres et tous les taxis-brousse qui s'arrêtaient brusquement devant elle, priant pour que le garde à l'entrée de l'hôpital lui ouvre la barrière au lieu de lui faire signe de se garer au parking des visiteurs. Cette prière exaucée, elle n'eut que le temps de s'arrêter devant les urgences et de couper son moteur avant de s'effondrer sur le volant.

Elle est revenue à elle plusieurs heures plus tard, dans l'une des chambres individuelles de cet hôpital où elle avait déjà séjourné plusieurs fois. La vue "imprenable" - selon le jargon des agents immobiliers - sur l'entrée du vieux port et le bras de mer qui s'insinue loin à l'intérieur des terres l'a immanquablement renvoyée en arrière dans le temps, et plus au nord sur la côte, dans la maison de ses années de bonheur, perchée à l'entrée d'un autre bras de mer, son bras de mer à elle, Kilifi Creek. Une maison tournée vers le large, mais dont le côté donnait sur l'entrée du fjord, un jardin en pente hérissé de baobabs qui tantôt tordaient leurs branches comme des implorantes, tantôt prenaient tranquillement possession du ciel avec un feuillage tendre et d'énormes fleurs odorantes et charnues en forme de lanternes. Les boutres et les barques de pêche entrent et sortent au rythme des marées, ici comme là-bas.
L'infirmière-chef était auprès d'elle et lui a annoncé plusieurs visites de médecins. Du samedi soir à la fin de la semaine suivante elle est devenue l'objet d'examens, de suppositions, de conciliabules et de rencontres au sommet. Entre ses torpeurs dues aux analgésiques et son rôle de

point de mire, elle a téléphoné, écrit, organisé la vie sans elle de ceux qu'elle aimait. Le jour où l'opération a été décidée et où son vieux complice le Docteur X lui a avoué qu'il s'agissait d'une "grosse" opération, elle a été convaincue qu'il était temps de préparer sa sortie. Elle a téléphoné aux deux ou trois personnes qu'elle avait envie de voir et rédigé toutes sortes d'instructions pour ses exécuteurs testamentaires.

-3-

Liz m'a téléphoné aujourd'hui. Je n'avais pas eu de ses nouvelles depuis au moins trois semaines. Dès notre première rencontre j'avais immédiatement apprécié cette personne hors du commun. Ma première visite chez elle m'avait inspiré un petit article dont elle avait été heureuse et flattée comme une enfant. J'avais été séduite et intriguée par les tableaux de toutes tailles et de toutes factures qui couvraient les murs de son bungalow. Des huiles puissantes à pâte lisse et larges à-plats, d'autres exécutées dans une technique beaucoup plus fine et précise, certaines avec des effets de surimpression, de délicates aquarelles et des croquis débordants de vie, parfois repris à la plume. Une exposition collective ? « Non, avait dit Liz, tout est de moi à différents stades de ma polyarthrite chronique ». J'appris ainsi que le principal partenaire du quotidien de Liz était ce terrible mal qui vous paralyse de douleur... « Certains peintres ont leur période bleue et leur période rose, moi, j'ai mes périodes agiles et mes périodes gourdes », avait-elle repris. « Les œuvres à touches amples correspondent aux époques où mes doigts et mes mains sont ankylosés. Pendant les périodes de rémission je m'empresse de m'adonner à des techniques plus détaillées, ne sachant pas combien de temps durera l'état de grâce. Quant aux croquis, je m'y suis lancée quand j'étais totalement immobilisée et couchée sur le dos, alors que par chance mes doigts fonctionnaient... Et j'y ai pris goût ».

Liz m'avait très vite adoptée et livré des morceaux de sa vie, je m'étais sentie flattée à mon tour, étant sa cadette et une nouvelle venue dans son existence. J'avais même vécu ses efforts pour quitter le pays et m'étais réjouie pour elle du succès de ses démarches. Elle allait pouvoir emmener avec elle les trois M, malgré les contraintes inhumaines de la quarantaine britannique, ayant fait la connaissance d'un propriétaire de chenil compatissant.

Sa voix au bout du fil, faussement légère, m'a poussée à lui rendre visite immédiatement. Elle m'a raconté ses dernières péripéties et fait promettre d'être au rendez-vous après l'opération, pour être accueillie par des visages amis en cas de réveil...

Comment faire ses adieux à quelqu'un qui ne part peut-être pas encore ? On aimerait dire tout ce que l'on a à dire si c'est la dernière fois, mais on ne veut pas avoir l'air d'expédier l'autre sans autre forme de procès, alors on en reste à de l'inachevé, à de l'à-peu-près, à des sous-entendus. Pourtant, s'il est une personne à laquelle je parle librement, c'est bien Liz, précisément, nous nous sommes tout de suite senties à l'aise ensemble. Mais cette situation est inhabituelle, c'est le moins que l'on puisse dire. Demain après-midi elle va faire un voyage d'un étage et deux longueurs de couloir, le voyage entre sa chambre d'hôpital et la salle d'opération, et elle n'en reviendra peut-être pas. Elle a tout organisé dans cette éventualité. Elle me confie des lettres à poster, des consignes diverses pour tout laisser en ordre, bravement et avec réalisme. Elle n'a pas de famille et ne veut être un fardeau pour personne. Cependant, elle aurait bien aimé réaliser son rêve de se retirer en Angleterre, elle aimerait bien aussi revoir ses teckels.

N'étant pas particulièrement religieuse, pas du tout, même, et ayant déjà été sur le point de partir auparavant, je ne pense pas que l'idée de la mort la torture énormément. L'angoisse qu'elle ressent, l'angoisse de l'inconnu, est plutôt celle de ce qui l'attend si elle se réveille. Elle devra réorganiser une vie approximative à l'endroit qu'elle avait tant souhaité fuir. Elle sera une éternelle (pour combien de temps ?) malade. Je suis convaincue qu'elle ne souhaite pas se réveiller... Qu'il lui sera trop pénible de végéter en renonçant aux projets si précis qu'elle avait échaffaudés pour elle et ses chéris dans leur prochaine vie. Après tout, pour quelqu'un qui n'est pas encombré d'une religion, il n'y a aucune raison d'être angoissé par la mort. C'est simplement la fin. Pour le reste, les molécules qui ont été agencées pendant quelques dizaines d'années pour former Elizabeth Millner se combinent différemment, le souvenir de Liz subsiste quelques temps dans les mémoires de ses amis ou de ses ennemis, c'est cela, la vie éternelle.

Je n'ai pas joué le jeu de la dénégation rassurante, j'ai écouté ses instructions avec attention, je lui ai souhaité de ne pas être trop nerveuse avant, car de toutes façons elle n'y pouvait rien et d'ailleurs elle serait endormie... Sous-entendu, si elle ne se réveille pas, elle ne le saura jamais. J'ai aussi accepté de reprendre le livre que je lui avais apporté - je pourrai toujours le lui donner la semaine prochaine s'il y a lieu. Je pense que ce geste est pour elle un signe que nos adieux sont faits. J'ai même déposé un baiser sur son front en partant et je crois qu'elle a apprécié ma complicité à ce moment-là.

-4-

Liz prenait un certain plaisir à ce séjour à l'hôpital, ou tout au moins aux moments de paix que lui laissait son état. Elle avait décidé qu'elle n'en reviendrait pas et le vivait comme une villégiature un peu forcée avant un grand voyage. La rencontre récente avec son amie française était pour elle un signe du destin, le signe qu'elle attendait pour faire sa sortie. Car elle n'aurait pas voulu tout planter là, tous ses souvenirs, tous ses documents, tous ses témoignages d'autres vies déjà finies. Elle devait à la mémoire des êtres d'exception qui l'avaient précédée de passer le relais à un dépositaire digne de cette mission. Elle devait au pays où elle était née et qui n'existait plus d'en perpétuer l'histoire à l'échelle de la vie quotidienne qu'elle avait connue. L'Histoire avec un grand H resterait ; pour la petite histoire, celle des hommes, aucun effort ne devrait être épargné.

Liz était vraiment heureuse d'avoir eu le temps de montrer à son amie les classeurs qui contenaient, en anecdotes illustrées de croquis, les épisodes les plus importants de sa vie et les petits détails sans importance qui rendent la substance du passé. Même si elle n'avait pas le temps de modifier ses instructions antérieures à ce sujet - elle avait fait don de ces classeurs à la Bibliothèque Nationale du Kenya - même s'ils devenaient nourriture pour termites ou cancrelas au fond d'une réserve, elle savait qu'à présent il en vivrait toujours quelque chose grâce à la semence qu'elle avait eu le temps de déposer dans l'esprit curieux et intéressé de sa nouvelle relation. Un esprit sans préjugés, car cette présence encore neuve dans son existence n'avait jamais côtoyé les protagonistes de ses vies antérieures et la jugeait exclusivement par ce qu'elle en découvrait personnellement.

Ensemble elles avaient feuilleté les pages de texte et de dessins. Le premier album s'ouvrait sur James, le père de Liz, une forte tête, qui s'était embarqué à quatorze ans sur un chalutier écossais, au grand soulagement de ses géniteurs. Il avait menti sur son âge pour partir à la guerre, et s'était retrouvé démobilisé à dix-neuf ans avec pour tout viatique un passage sur le pont d'un bateau en partance pour les Colonies. Débarqué en 1919 à Mombasa, territoire sous protectorat britannique, porte de la Colonie du Kenya, riche de sa jeunesse et des vêtements qu'il portait, il avait entrepris de se rendre vers l'intérieur du pays qui, depuis la construction du chemin de fer, était en plein développement et où des colons assoiffés d'espace avaient commencé à s'établir. Louant ses services en route, traversant à pied les régions où quelques années auparavant des lions mangeurs d'homme avaient tenu en échec toute une équipe de poseurs de rails, il avait réussi à atteindre Nairobi, cité champignon grouillante d'activité.

Il y avait acquis sa première monture, un zèbre ! Dans cet équipage il avait continué sa progression vers les contrées plus éloignées et moins développées où il espérait trouver une place au soleil. Liz avait représenté sous forme de bande dessinée la première péripétie que James lui avait contée : en approchant du Lac Naivasha, alors qu'il longeait des terres en partie clôturées, il avait senti chez son cheval à rayures une certaine nervosité. Se retournant, il avait vu qu'un énorme lion le suivait d'un air glouton. N'étant pas armé, il n'avait d'autre ressource que de poursuivre sa route du même pas en adressant des prières à qui voudrait bien les entendre. Et le manège avait continué pendant plusieurs centaines de mètres, le cavalier s'efforçant de calmer sa monture tout en sentant des sueurs froides lui couler le long de la colonne vertébrale. Il était enfin arrivé à la hauteur d'un homme blanc qui était occupé à planter des piquets de clôture. Le dialogue qui s'en était suivi avait eu lieu dans un anglais parfait de salon victorien. « Bonjour, Monsieur, excusez-moi de me mêler de ce qui ne me regarde pas, mais savez-vous que vous êtes suivi de près par un énorme lion ? » « Bien le bonjour, Monsieur, je le sais, hélas... » Silence. « Verriez-vous un inconvénient à ce que je le tue ? » avait demandé le colon en saisissant sa carabine qui reposait sur un tas de piquets. « Pas du tout, avait répondu James sans oser s'arrêter, en fait vous me rendriez un fier service ». Aussitôt dit, aussitôt fait et sur la dépouille encore chaude du lion le colon avait proposé à ce courageux jeune homme de l'aider à continuer sa clôture.

Quelques mois plus tard, il put se procurer un chariot tiré par deux robustes bovins et se dirigea vers le Mont Kenya. Il allait y rencontrer son destin, et Liz traita la rencontre en une seule planche de vignettes imbriquées les unes dans les autres et vues en perspective cavalière.

Ayant dépassé le massif des Aberdares et étant arrivé dans une forêt proche des Thomson Falls, James tomba sur un autre colon blanc qui examinait d'un air perplexe une imposante machine à vapeur complètement embourbée. Avisant l'attelage que la providence lui envoyait, il demanda poliment au jeune homme de l'aider à dégager son engin à la force de ses bœufs. La machine tirée d'affaire, l'homme offrit à son sauveteur de partager son casse-croûte et lui expliqua qu'il était en train d'installer une scierie et que cette machine à vapeur était destinée à actionner les scies circulaires. D'ailleurs, s'il n'avait rien de mieux à faire, son équipage et lui-même pourraient être fort utiles à cette entreprise naissante. Le paysage était sauvage et sublime, James accepta. La scierie de Marmanet Thomson Falls vit le jour, par la suite il en devint le directeur, puis le propriétaire. Il se spécialisa dans... les bois de crayon ! Liz y naquit et passa toute son enfance dans cette région mystérieuse à l'écart des “happy valley" et autres lieux de perdition de l'Empire britannique - les frasques des moutons noirs de l'aristocratie anglaise sont passées à la postérité plus facilement que les efforts des colons à développer ce qui est le Kenya d'aujourd'hui.

La mère de Liz ? Son père, déjà industriel prospère, décida à la fin des années vingt qu'il serait séant de prendre épouse. Il fit part de son intention à ses relations d'affaires et lors de son voyage suivant en Angleterre, plusieurs candidates lui furent présentées, sans qu'aucune ne remportât ses suffrages. La veille de son retour en Afrique de l'Est, un ami l'invita à dîner en s'excusant d'avoir à chaperonner sa sœur et une de ses amies. L'amie était une beauté d'origine française qui servait parfois de mannequin aux grands noms de la haute couture. Elle ne fut pas particulièrement impressionnée par ce cow-boy au visage cuit par le soleil d'altitude, il fut subjugué. N'ayant qu'une soirée pour la convaincre, il joua le tout pour le tout. Il insista pour la ramener chez elle et glissa subrepticement en partant un œuf frais pris aux cuisines du restaurant dans la profonde poche de la cape de fourrure signée Paquin qui avait été prêtée à la demoiselle. Naturellement, en s'asseyant dans le taxi, elle causa de tels dégâts au vêtement qu'il ne fut pas question de lâcher le mufle avant qu'il ne les ait réparés. L'histoire ne dit pas combien de temps cela lui prit, toujours est-il que la dame débarqua quelques mois plus tard à Mombasa avec une montagne de malles et devint la beauté des Thomson Falls, se pliant avec grâce à une vie quotidienne rustique où son entourage était composé d' "indigènes", de forêts tropicales et d'animaux sauvages. Ce qui inspira à Liz toute une série de dessins mettant en scène son élégante mère apprenant à se servir d'un fusil, supervisant la lessive en plein air ou courant après une chèvre qui était en train de manger son rouge à lèvres...

La polyarthrite ? L'autre partenaire-clé de la vie de Liz ? Elle se déclara vers l'âge de huit ans et le bon docteur de Rumuruti, le bourg le plus proche, l'attribua tout d'abord à des douleurs de croissance. Douleurs qui prirent de telles proportions qu'à onze ans, Liz connut - et illustra - son premier séjour de longue durée à l'hôpital. Elle passa presqu'un an à l'hôpital de Rumuruti, allongée la plupart du temps. Elle y fit entre autres la connaissance d'un charmant jeune homme qui devint son ami. Il avait de multiples fractures de la jambe qui faisait l'objet d'un savant dispositif - dispositif que Liz exagéra fortement en représentant tout un système de crochets, de poulies et de manivelles. Chaque fois qu'elle pouvait quitter le lit, elle lui rendait visite et il lui racontait des histoires merveilleuses et plus ou moins vraies. Il dissimulait dans ses bandages un flacon de whisky que des amis compatissants renouvelaient à chaque visite. Liz était fière d'avoir été mise dans le secret et ne comprenait pas pourquoi les infirmières qualifiaient leur patient de mauvais sujet. Elle fut bien triste lorsqu'il lui annonça son départ. Mais il avait la veille si copieusement célébré l'événement qu'en quittant l'hôpital il manqua la première marche du perron et prolongea son séjour de six semaines, pour le plus grand bonheur de sa voisine de couloir.

L'histoire de son premier mariage est encore plus extraordinaire. A la fin de la Deuxième Guerre Mondiale, malgré son handicap, Liz était devenue une jeune personne d'une beauté remarquable, au ravissant visage et au corps de mannequin hérité de sa mère, rendu encore plus frappant par une haute taille héritée de son père. La vie dans les "highlands" était loin d'être monacale à l'époque, les mondanités prenant d'autant plus d'importance que le quotidien était plus rude et à l'écart de la civilisation. Un jeune Allemand arriva dans la région pour prendre possession de terres léguées par une tante anglaise. Parlant à peine la langue et débarquant pratiquement d'une autre planète, il fut pris en pitié par le notaire qui demanda à la société locale de bien vouloir l'accepter à son prochain thé dansant. Liz, dans toute la fraîcheur de ses dix-huit ans, vit se diriger vers elle ce grand jeune homme blond qui s'inclina en claquant les talons – « Foulez-fous tanser, Matemoisselle ? » Après plusieurs danses elle avait appris qu'il allait rester dans la région et acquérir la nationalité britannique. Lorsqu'elle lui dit où elle habitait, il eut un sursaut – « Marmanet Thomson Falls ? Marmanet Thomson Falls ? Je connais ce nom... » Et il lui raconta qu'à la fin de la guerre, jeune soldat dans l'armée allemande en déroute, il était parmi ceux chargés, à l'arrière du dernier wagon du train de la retraite, de détruire la voie ferrée russe. Et chaque fois qu'avec son grappin il retournait une traverse, il lisait un tampon "Marmanet Thomson Falls"... En effet, la scierie de Marmanet avait été réquisitionnée dès le début de la guerre pour fabriquer des traverses de chemin de fer, et des bateaux entiers en avaient été expédiés sur le front russe. Le doigt du destin, déjà...

Ils se marièrent, vécurent une vie d'aventure et n'eurent pas d'enfants. Cette vie d'aventure, Liz la dut à l'enrôlement de son mari dans le service vétérinaire de la Colonie. Il inspectait le bétail indigène dans les territoires les plus sauvages et les plus reculés de la frontière du nord, où régnaient les tribus nomades des Turkanas et des Samburus, dans des paysages grandioses. Liz l'accompagnait à cheval dans ses tournées, ils bivouaquaient en route, s'arrêtant dans les villages lorsqu'il en existait, partageant périodiquement la vie de ces nomades qui étaient devenus leurs amis. Elle ne se déplaçait pas sans ses carnets de croquis, ses aquarelles et ses gouaches.

Plus tard, ce fut l'Angleterre, à l'époque où le voyage aérien qui supplantait peu à peu la traversée en paquebot durait au moins trois jours ! Ce fut Londres et le dessin publicitaire, expérience illustrée avec une verve toute professionnelle, mais toujours avec beaucoup d'humour et un certain recul lorsqu'elle se mettait en scène elle-même. La page suivante trouve Liz de retour au Kenya, gérante d'un club fréquenté par les grands d'Europe et d'Amérique, avant la naissance du tourisme de masse. Le Mnarani Club nichait ses bâtiments aux toits de palme et son débarcadère sur le bras de mer de Kilifi - Kilifi Creek - et l'on y pratiquait la pêche au gros. Outre la responsabilité complexe qui consistait à être constamment approvisionnée en champagne et whiskies de marques diverses, à s'assurer que les cuisiniers ne resservaient pas les restes de langouste de la veille et que les draps étaient changés tous les jours, Liz dut s'initier à une forme de diplomatie un peu spéciale : aplanir les rivalités entre ladies et duchesses, rivalités qui s'exacerbaient pour un rien, comme par exemple la grosseur du rubis sur le collier du pékinois de l'une ou de l'autre. Ces péripéties fournirent à Liz le sujet de savoureux croquis.

A Kilifi, à côté du Mnarani Club, David était occupé à installer un élevage de vaches laitières, déterminé à vaincre la malédiction de la mouche tsé-tsé qui avait découragé toutes tentatives antérieures...

A l'Indépendance, Liz fut l'une des premières à accorder sa confiance au pays neuf en devenant citoyenne du Kenya. Elle apprit à aimer la côte, si différente des contrées de l'intérieur, et ses populations, si différentes des fiers nomades mais tout aussi attachantes. Les grands espaces de l'océan Indien supplantèrent devant ses yeux le panorama vertigineux de la Rift Valley. En épousant David, elle épousa sa lutte quotidienne contre la nature tropicale, qu'ensemble ils vainquirent, son amour pour cette existence, les déchirements de ses conflits familiaux. Les albums, à partir de ce moment-là, ne relatent que des anecdotes. Les grandes émotions sont exprimées sur toiles. Il y en a beaucoup. La suite n'est plus consignée sur album. Vint le temps où un traitement à la cortisone à l'emploi mal contrôlé provoqua cet embompoint qui rendit Liz irrémédiablement difforme et de surcroît fit d'elle une malade cardiaque. De ce temps date son refus total d'être photographiée. Elle dut la mort dans l'âme s'éloigner de David dont les problèmes personnels la minaient dangereusement.

Elle en vint à émigrer à Mombasa, avec ses chiens, ses souvenirs et les fidèles serviteurs qui ne l'auraient abandonnée pour rien au monde. Liz racontait volontiers un épisode amusant à propos de ses serviteurs, l'épisode de “l'assassin”. Elle fut clouée au lit par une de ses crises aiguës juste au moment où son employé de maison était en congé. Le jardinier qui le remplaçait tant bien que mal dut conduire d'urgence sa femme enceinte à l'hôpital et rester auprès d'elle. Seul restait valide et disponible le gardien de nuit. Le jour où il fut terrassé par une crise de paludisme, Liz se demanda qui allait nourrir les chiens et s'acquitter des tâches de base dans la maison. Un matin aux aurores, entendant du bruit dans le salon, Liz se traîna hors du lit, drapa ses neuf tonnes dans un pagne et ouvrit avec précaution la porte de sa chambre. Elle fit quelques pas dans le couloir et vit au milieu du salon un homme à la mine patibulaire qui s'était emparé d'une théière en argent. C'est mon tour d'être dévalisée, pensa-t-elle. D'une voix mal assurée, elle lui demanda en swahili ce qu'il faisait là, en maudissant le bouton d'alarme d'être à la tête de son lit... L'assassin lui répondit avec l'accent de Kilifi qu'il avait été appelé à la rescousse par son cousin le jardinier, qu'il prenait la théière pour lui préparer du thé après quoi il nourrirait les chiens et ferait le ménage, et que Memsab devrait retourner se coucher... Il existe quelque part dans les carnets de Liz un portrait à la plume de l'assassin...

A Mombasa, Liz consacra son temps et son énergie à enseigner le dessin et la peinture aux habitants de la vieille ville, à aider les uns et les autres, à élaborer et à retravailler ses précieux albums et à remplir à ras bord chaque minute de chaque jour. A quiconque évoquait ses activités "charitables" elle répliquait que ce n'était de la charité qu'envers elle-même. Allait-elle rester enfermée toute seule entre les quatre murs de son jardin sans avoir un peu de distraction ?

Son premier départ manqué avait eu lieu quelques années auparavant. Son cœur malmené par son poids excessif n'en pouvait plus et elle dut la vie à un médecin ougandais qui devint son grand ami. Ce premier départ manqué suscita en elle la volonté d'abandonner le pays auquel elle avait été loyale et qui la trahissait lorsqu'elle se trouvait dans l'adversité. En effet, le docteur ayant envisagé de la transférer à l'étranger pour y subir une opération, les autorités firent toutes sortes de difficultés pour renouveler son passeport. Ce fut la rupture. Entre sa première résurrection et ce nouveau séjour à l'hôpital, elle s'employa à organiser son émigration au Royaume Uni. Elle venait d'y réussir et la maison qu'elle avait quittée en hâte ce fameux samedi était encombrée de malles et de valises prêtes à recevoir les effets à expédier ou ceux qui restaient. Pour ce voyage-ci, elle partirait donc sans valises, sans regrets ou si peu.

-5-

Elle ne s'est pas réveillée. L'infirmière-chef pleurait toutes les larmes de son corps en lisant la lettre que sa patiente favorite lui avait confiée avant d'être emmenée en salle d'opération, à n'ouvrir qu'en cas de non-retour. Elle pleurait et elle riait à la fois, cette charmante femme avait eu tant de délicates attentions. Elle avait laissé de l'argent dans une enveloppe, pour offrir le champagne et une boîte de chocolats à ses amis dévoués de l'établissement afin de lui souhaiter dignement bon voyage, elle avait indiqué la destination précise de chacun des effets personnels laissés dans sa chambre, personne n'avait été oublié dans la distribution... Elle avait donné la permission au pasteur qui était son voisin mais dont elle n'était pas l'ouaille de faire un service funéraire pour elle s'il en avait envie, mais surtout elle l'avait instamment prié de réaliser ses dernières volontés quant à la destination de son encombrante enveloppe charnelle, avec l'aide de son médecin et de son notaire. Elle avait prévu une "tea party" dans le jardin de l'église pour ceux qui auraient eu la bonté d'assister au service. Enfin, elle avait demandé que le contenu de sa maison, après les répartitions requises, fût vendu au profit d'un certain nombre d'œuvres de charité.

La vente a lieu aujourd'hui. J'y suis venue surtout pour humer une dernière fois l'atmosphère des lieux, retrouver les impressions des visites précédentes. Je suis arrivée tôt, avant que l'endroit ne soit trop encombré de curieux ou vide de meubles. Les personnes responsables des charités qui bénéficient du don ont tout exposé et étiqueté. Il y a là les objets de sa vie quotidienne, je reconnais le service à thé que j'ai utilisé à plusieurs reprises en compagnie de Liz, il y a aussi tout ce qui a été extirpé des placards et des penderies. La machine à écrire antédiluvienne sur laquelle elle tapait ses anecdotes quand ses doigts ne lui obéissaient pas, des photos récentes de l'amie qui allait la recevoir en Angleterre ainsi que du chenil qui allait héberger les teckels. Des acheteurs potentiels examinent les lourdes tentures de soie brochée française qui étaient restées pliées depuis la mort de sa mère et que Liz allait emporter car elles seraient plus à leur place dans le Dorset que sous les cocotiers.

Lorsque la foule augmente dans le salon, je vais errer dans la chambre. Dans la pénombre du couloir, une petite aquarelle représente un mariage swahili avec, de dos et en premier plan, une silhouette massive qui ne peut être que Liz. Elle m'avait raconté les circonstances de sa présence à ce mariage. S'étant attardée un soir dans la vieille ville pour l'organisation d'une exposition, elle avait repris sa voiture parquée dans un terrain vague vers dix heures du soir. Au bout de quelques mètres le véhicule avait calé et tout ses efforts pour le re-démarrer avaient été vains. Elle avait commencé à se demander ce qu'il adviendrait d'une femme seule en pleine nuit dans un lieu désert et peu recommandable lorsqu'une Mercédès conduite par un homme en tenue musulmane d'un blanc éclatant était venue s'arrêter en silence à côté d'elle. Terrifiée, elle s'attendait au pire lorsque l'homme lui dit fort civilement qu'elle n'allait pas passer la nuit ici, il était malheureusement pressé et ne pouvait pas s'occuper de sa voiture, car il était attendu au mariage de son neveu mais il l'emmenait avec lui. Elle y avait passé une nuit et un jour entier, puis avait retrouvé à la porte sa voiture réparée.

Continuant mon chemin, je trouve fichée dans le cadre d'un miroir du dressing-room une petite photo d'identité en noir et blanc du fond de laquelle un homme très blond qui n'est pas David me décoche un sourire irrésistible. Derrière le cliché, un nom au crayon - Fritz. Liz n'a pas eu le temps de me parler de son premier époux, combien de temps ont-ils été mariés ? Comment a fini leur union ? Je ne le saurai que si j'enquête, mais auprès de qui ?

Je n'achète que les recueils de dessins que Liz avait fait exécuter par ses chiens ; ils sont signés Marmeduke, Maximilian et Montmorency, une idée amusante qui avait permis à Liz de se caricaturer en usant d'un expédient. L'endroit devient un véritable souk, il y a de la profanation dans l'air et certainement plus du tout l'atmosphère que je venais y chercher. J'échange quelques mots dans le jardin avec le gardien qui va rester à son poste jusqu'à ce que la maison soit vide. Il pleure en parlant de ce que Liz lui a laissé. Il referme sur moi le portail sur lequel a été fixé un panneau : VENTE DE MEUBLES, VAISSELLE, TABLEAUX, LIVRES etc... Rien ne sert de m'attarder, j'ai une mission à remplir.

Vie de famille

- Va-t-il partager la chambre de Laurent, ou celle de Chloé ? demande Gilles en riant par-dessus le bord de sa tasse de café.

- Ne sois pas bête, Chloé n'a pas seize ans et à ma connaissance elle n'a pas de petit ami, et certainement pas lui, en tout cas, répond Agnès en arrosant de jus de citron vert un morceau de papaye.

Un temps.

- D'ailleurs je ne vois pas pourquoi je réponds à une telle sottise, conclut-elle avant d'attaquer son fruit à la petite cuillère. Encore ton esprit tortueux.

La terrasse surplombe le jardin fleuri de bougainvillées et la piscine en partie dissimulée par une haie de lantanas. C'est samedi, et chaque week-end Gilles et Agnès s'accordent le plaisir d'une baignade avant le petit déjeuner. Gilles, torse nu et ceint d'une serviette humide, recule son fauteuil pour pouvoir croiser les jambes confortablement. Il observe d'un air amusé Agnès qui, comme pour se venger de la précipitation des jours de semaine, prend son temps. Elle est drapée dans un pagne multicolore, et ses cheveux gouttent encore dans son dos. Elle étale consciencieusement du miel sur un toast et poursuit sans lever les yeux :

- Quoi qu'il en soit, j'espère qu'il est buvable, car nous allons l'avoir pour toute la durée des vacances - plus longtemps que Chloé !

- Tu aurais sûrement préféré avoir quelques jours en famille sans pièce rapportée, non ?

- En effet, répond Agnès, mais apparemment les contingences des transports aériens en ont décidé autrement. Enfin, j'en suis ravie pour Laurent qui s'ennuie vite, ici.

Les deux enfants du couple font leurs études en métropole, et Laurent a sollicité la permission d'inviter un ami de classe à passer chez eux les vacances d'été. Laurent est parti depuis deux ans déjà, Chloé l'a rejoint dans la même école internationale l'année suivante. Elle a encore beaucoup d'amis ici, à la différence de son frère dont les anciens camarades sont comme lui partis étudier en France ou ailleurs et ne reviennent pas régulièrement aux vacances. Laurent s'entend très bien avec Steven qui est anglais et qui n'avait pas de projets pour l'été.

- En général Laurent choisit bien ses amis, ajoute Gilles en se penchant pour taquiner sous la table un petit paquet de poils roux à quatre pattes qui répond au nom piquant de Pili-Pili.

- C'est vrai... Nous le saurons bientôt, puisqu'ils arrivent dans une semaine. Bon, je vais m'habiller car j'ai un arrivage aujourd'hui.

Agnès est la correspondante locale d'une agence de voyages européenne et bien qu'elle puisse déléguer pas mal de tâches pendant les week-ends, elle préfère accueillir en personne certains groupes plus spécialement recommandés.

Gilles se ressert une tasse de café. Sa profession de conseiller juridique lui assure des semaines bien remplies, mais son week-end lui appartient entièrement. Il a hâte de revoir ses enfants et l'invité est le cadet de ses soucis. A chaque retour, Laurent est plus adulte et Gilles a parfois du mal à s'habituer à ce que son fils puisse avoir des opinions différentes des siennes, surtout lorsqu'elles sont solidement étayées, ce qui est le cas la plupart du temps. Quant à Chloé, Gilles a failli ne pas la reconnaître entre

Noël et Pâques, et il ressent une frustration impuissante à ne pas pouvoir assister à chaque phase de sa métamorphose. D'un autre côté, la séparation due aux carences scolaires de l'île au niveau des terminales a du bon, car un foyer où deux adolescents ont une aussi forte personnalité que leurs parents est parfois explosif. Les retrouvailles périodiques leur épargnent les heurts. Et, qui sait, la présence d'un étranger n'est peut-être pas sans préméditation dans l'esprit de Laurent.

La matinée est déjà chaude lorsque Gilles et Agnès se garent côte à côte au parking de l'aéroport. Ils ont pris les deux voitures, ne sachant pas combien de bagages auront les trois voyageurs. Laurent aime voyager léger, mais avec Chloé il faut s'attendre à tout. Quant à Steven, c'est l'inconnu. Une grande animation règne autour du long bâtiment bas ouvert à la brise de mer. Agnès salue plusieurs personnes en uniformes divers. L'île attire de nombreux touristes et la plupart des vols d'Europe arrivent plus ou moins en même temps. Une foule bigarrée commence à s'agglutiner devant les portes vitrées qui séparent de l'extérieur la salle de livraison des bagages - une foule dont le teint va de la vanille au chocolat en passant par toutes les nuances de cannelle et de café. L'avion est à l'heure et des voyageurs appuyés sur leur chariot sont déjà en faction devant les tapis roulants immobiles. Agnès et Gilles scrutent un à un les nouveaux arrivants. Dans un grincement initial, les tapis se mettent en mouvement et les bagages apparaissent. Une pouliche brune déboule dans la salle, se précipite sur un chariot où elle dépose pêle-mêle plusieurs sacs, paquets et baluchons, puis se dirige droit vers la vitre en agitant la main.

- Elle te ressemble de plus en plus, dit Agnès en répondant au salut de sa fille, qui après avoir échangé avec ses parents des signes et de grands sourires, retourne attendre les bagages.

- Voilà les garçons, dit Gilles un peu plus tard.

Laurent débouche dans le hall en compagnie de son ami. Son regard se dirige directement vers l'endroit où il s'attend à voir ses parents. Un grand sourire éclaire son visage lorsqu'il les aperçoit. Par gestes il leur mime des présentations officielles avec son invité. Gilles et Agnès, amusés, jouent le jeu de l'autre côté de la vitre.

- Il est sacrément beau gosse, le copain... commente Gilles.

- En effet, dit Agnès.

Puis elle enchaîne :

- Laurent est tout mince, je trouve, et il a encore grandi.

Quelques minutes plus tard, les trois jeunes gens et deux chariots bien garnis franchissent les portes de sortie. Chloé saute au cou de ses parents. Laurent est moins exhubérant mais semble tout aussi ravi des retrouvailles. Il est grand et mince, ses épais cheveux châtains aux reflets de feu tombent parfois devant ses yeux d'aigue-marine. Steven vu de près est effectivement un spécimen assez réussi de la race humaine. Un peu plus petit que Laurent, il a une grâce féline, une démarche souple, des yeux dorés en amande et des pommettes hautes, il évoque un danseur des Ballets Russes ; ses cheveux blonds sont mi-longs et un duvet follet pousse librement sur ses joues et autour de sa bouche. Il embrasse Agnès sur les deux joues, serre la main de Gilles et les remercie de leur accueil.

- J'embarque Chloé et les bagages, déclare Gilles.

Le groupe se dirige vers les voitures.

- Es-tu déjà venu de ce côté-ci du monde ?

Agnès, ayant remarqué que les deux garçons se parlaient plutôt en anglais, pose la question dans cette langue en regardant Steven, assis à l'arrière, dans le rétroviseur.

- Une fois, mais je ne m'en souviens guère, j'étais petit et j'ai accompagné mes parents au Venezuela. Nous avons probablement fait escale aux Antilles.

- J'espère que tu ne vas pas t'ennuyer, ici, reprend Agnès.

- Certainement pas, d'ailleurs, j'ai du travail. Je dois noircir du papier, car il paraît que j'ai besoin de perfectionner mon expression écrite si je veux pouvoir faire des études de journalisme.

Lorsqu'ils arrivent à la maison, le portail est ouvert et Chloé est déjà en train d'échanger des effusions avec Pili-Pili. Voyant les garçons descendre de voiture, elle se dirige vers eux avec l'animal dans ses bras. Elle le présente à Steven avant de laisser Laurent s'emparer à son tour du petit chien.

- Pas de programme pour ces deux jours, déclare Laurent en emmenant Steven vers leur chambre commune. Piscine, repos, acclimatation et rattrapage en cuisine familiale, n'est-ce pas, maman ?

- D'accord, déjeuner dans deux heures...

Chloé n'est pas pressée de rejoindre sa propre chambre et tient à faire voir tout de suite à sa mère les achats qu'elle a faits pour ses copines, et bavarder un peu.

- Mais on ne parle pas d'école, s'empresse-t-elle d'ajouter en voyant son père les rejoindre sur la terrasse.

Chloé a de longs cheveux noirs et lisses séparés au milieu, et cet écrin encadre un visage à l'ovale parfait où luisent deux yeux sombres. Le type latin de son père, disent les grands-parents. Elle n'est pas très grande mais svelte et son port altier donne de l'autorité à sa personne tout entière.

- Ça ne t'ennuie pas, la présence de Steven ? demande Gilles.

- Pas du tout, au contraire, je n'aurai pas Laurent sur le dos à longueur de temps, et puis j'ai mes copines et je risque d'en impressionner plus d'une, si elles le rencontrent. D'ailleurs je pars avant eux, non ? Ça tient toujours, l'invitation chez la tante d'Amérique ?

- Bien sûr, répond Agnès en riant. Sa belle-sœur qui vit en Floride a invité Chloé à passer la dernière semaine de vacances chez elle avant de regagner la France. « Ton billet est pris et tout. »

- Bon, j'emprunte un téléphone, j'ai quelques coups de fil à donner. Et Chloé va s'installer sur le canapé du salon.

Journal de Steven - Puisque je dois noircir du papier, pourquoi ne pas tenir un journal de bord sur ma vie avec les Michel ? Donc, je commence. A première vue, l'endroit est à la hauteur de sa réputation de vacances de rêve, paradis tropical etc., mais je soupçonne que je suis dans une situation privilégiée. Les hordes de touristes attendus sous des pancartes, ce matin, à l'aéroport, ne me donnent nulle envie de découvrir l'île dans ces conditions. La maison est accueillante, simple mais vaste et claire. La vie semble y être agréable et sans contrainte, nous verrons à l'usage. Description des maîtres des lieux ? Gilles a l'air sympathique et amical, mais conforme à un personnage de père - du genre qui fait semblant de boxer son “grand garçon” ou qui fait des remarques sur les futurs prétendants de sa fille. Quant à Agnès, elle est... étonnante. Elle ne ressemble à aucun modèle connu de mère, ni mamma, ni dame, ni moderne et copine un peu comme la mienne. Elle est tout cela à la fois et autre chose encore. Ce n'est qu'une première impression, je ne pourrais pas préciser. On se sent de plain-pied avec elle, et en même temps elle inspire le respect. Mais je peux déjà parler de son physique qui est par lui-même assez frappant. Quand on la voit de loin, on la jurerait grande, car elle a une silhouette de top model un peu androgyne, mince et musclée à la fois, hanches étroites et poitrine discrète. Mais de plus près, on s'aperçoit qu'elle est plutôt un modèle de poche. Je la domine d'une bonne tête. Un visage très mobile et tanné par le soleil, pas de maquillage et surtout, ce qui surprend le plus, c'est sa chevelure épaisse et toute blanche, qu'elle porte en une natte dans le dos. Elle a les mêmes yeux que Laurent qui lui ressemble beaucoup. Voilà pour les personnages. Ah, j'oubliais le chien Pili-Pili, cinq kilos de vivacité, des oreilles tombantes, des yeux de miel, un joyeux mélange de races tout à fait réussi. Il m'a déjà adopté.

Le week-end se passe paisiblement. Chloé disparaît la plupart du temps chez ses vieilles amies et les garçons s'acclimatent en douceur, comme prévu. Steven prend spontanément sa place au sein de la famille. Dès le premier repas, il manifeste par un appétit enthousiaste son appréciation de la cuisine d'Agnès. Il se raconte un peu, parents divorcés quand il était très jeune, il vit avec sa mère et son beau-père, il a une demi-sœur. Tout le monde passe aisément et naturellement de l'anglais au français au cours de la conversation, tant il est vrai que certaines choses s'expriment mieux dans l'une ou l'autre langue. A la fin du repas, Steven aide à débarrasser la table, ce qui ne manque pas de provoquer chez Gilles un "comportement de père" : « Tu vois, Chloé, toi qui te fais toujours prier pour aider, tu devrais avoir honte... » D'un regard, Agnès sollicite de Steven l'absolution de son mari.

Le dimanche après-midi, Gilles et Agnès observent de loin les jeunes gens à la piscine, qui s'ébrouent et jouent comme des enfants.

- C'est curieux comme chacun a son propre rythme de développement, remarque Gilles lorsque les deux amis sortent de l'eau ruisselants.

Laurent a de grands pieds et de grandes mains, une silhouette assez osseuse et des pilosités désordonnées, des épaules larges mais anguleuses, une taille fine. Steven est tout lisse et ferme, parfaitement proportionné, sans rien d'agressif ou de disparate dans son corps inachevé.

- Oui, deux exemples très différents d'homme en formation, reprend Agnès. Laurent se métamorphose par à-coups, Steven semble s'acheminer vers son état adulte graduellement. L'un présente des éléments virils mal assimilés par un corps d'enfant, chez l'autre tout l'homme apparaît en même temps, mais comme une image estompée qui ira en se précisant.

- Chez les filles, c'est différent, complète Gilles. Chloé n'est qu'harmonie à chaque stade de sa croissance... Normal, elle est ma fille, conclut-il en riant.

Journal de Steven - Déjà presqu'une semaine et pour le moment mes premières impressions n'ont pas été démenties. La vie est libre et sans contrainte, et Agnès en est le pivot. Elle travaille au-dehors, et les repas de midi sont des collations rapides mais savoureuses, qui pour Laurent et moi suivent de très près le petit déjeuner. Gilles ne rentre pas toujours déjeuner. Quand Agnès retourne du bureau, il y a cette demi-heure fort agréable du thé-retrouvailles. Elle semble accorder de l'importance à cette pause qui marque la transition entre la journée de travail et la soirée. J'ai cru remarquer que Laurent essaie toujours d'être à la maison à ce moment-là, quel que soit notre programme de sorties. Chloé, comme toutes les jeunes sœurs, professe d'être émancipée et peu intéressée à la vie familiale. Elle rentre et sort avec ses copines, elles pouffent, téléphonent, font des cachotteries pour attirer l'attention des mâles... Je suppose que ma sœur passera par ce stade, dans quelques années.

Si Laurent a manqué le thé, il essaie d'être présent au dîner, et je le comprends. D'abord, il y a l'heure d'avant dîner où l'on est sûr de trouver Agnès à la cuisine, en train de concocter les plats préférés des uns et des autres. Et je me suis surpris à être, comme Laurent et Gilles, attiré irrésistiblement vers cette cuisine à cette heure-là, plus par un aimant que par des odeurs. C'est le salon où l'on cause en trempant un doigt dans la sauce et en échangeant des propos sur tout et rien. Ma mère passe le moins de temps possible dans la cuisine et il ne me viendrait pas à l'idée de l'y retrouver.

J'ai été absorbé immédiatement dans le cercle familial, mais je constate qu'Agnès m'accorde en même temps les égards et attentions que l'on accorde à un invité. J'ai le meilleur des deux mondes.

Nous passons avec Laurent des journées relax. Grasse matinée, plage ou piscine, musique, et nous retrouvons parfois deux ou trois de ses amis qui sont également venus passer les vacances en famille. Il y a quelques endroits sur le bord de mer où les gens de notre âge se réunissent le soir - snacks bon marché et disco reggae, que désirer de plus ?

Une semaine plus tard, Agnès et Gilles prennent leur petit déjeuner du samedi sur la terrasse.

- Alors, interroge Gilles, à ton avis, quel est le bilan de la première semaine ?

- Très positif, répond Agnès sans hésitation. Steven est totalement intégré. En revanche, je n'irai pas jusqu'à dire que sa présence passe inaperçue, car il a, il me semble, une influence bénéfique sur la maisonnée. Il est assez discret pour ne pas être une gêne et nous laisser jouir de notre intimité familiale, mais il est assez présent pour être une sorte de stimulant. Tu as remarqué qu'il n'y a pas eu le moindre accrochage entre Chloé et son frère depuis leur arrivée ? Et que Laurent aide dans la maison ? Même Marie-Jeanne approuve !

Marie-Jeanne est une plantureuse Martiniquaise qui vient faire quelques heures de ménage par semaine. Elle a le même âge qu'Agnès et vibre au rythme de la famille entière. Quand Laurent, puis Chloé, sont partis en France, elle en a eu un véritable accès de tristesse ; elle trouvait que ses employeurs salissaient bien peu et passait tout le temps qui lui restait à faire briller cuivres et argenterie et à mettre des fleurs partout. « Cette maison est trop sinistre, sans les petits ! » disait-elle de sa voix profonde. Depuis lundi, elle est ravie. Elle arbore un large sourire sous son madras artistiquement drapé, et chante comme un pinson en récurant la maison ressuscitée. Agnès l'a surprise l'autre matin promenant un regard approbateur sur l'étendage plein de lessive qu'elle venait de mettre à sécher.

- Et même Pili-Pili, ajoute Gilles. Steven ne manque pas de jouer avec lui à la moindre occasion, et je crois que c'est par pure diplomatie que, lorsque les garçons se présentent ensemble, Pili-Pili se trémousse d'abord aux pieds de Laurent.

- Je les emmène visiter le marché en plein air, aujourd'hui, tu viens avec nous ?

- Non, merci, sauf si tu veux que je vous accompagne.

- Pas la peine. Hé, il est dix heures ! Je vais les réveiller...

Gilles regarde Agnès s'éloigner. Et même sur elle, il a une influence bénéfique, pense-t-il. Il a remarqué avec amusement que depuis une semaine, Agnès choisit toujours les tenues qui lui vont le mieux et met en pratique son répertoire culinaire numéro un. Gilles connaissant les standards élevés que Laurent a établis pour sa mère, est convaincu que, consciemment ou non, Agnès veut se montrer digne de son fils vis-à-vis de son ami. Encore mon esprit tortueux, peut-être, se dit-il.

Agnès se dirige vers l'étage ; elle frappe en passant à la porte de la chambre de Chloé.

- Tu viens au marché ?

- Mmm ? ... D'accord, je me lève.

Elle continue le long du couloir au bout duquel se trouve la porte de la chambre des garçons. Un coup léger, une attente, pas de réaction. Sachant le climatiseur assez bruyant, Agnès frappe plus fort. Toujours pas de réponse. Elle hésite puis décide d'entrer, car Laurent a bien insisté pour qu'elle les réveille. Elle va d'abord toucher l'épaule de son fils qui réagit immédiatement.

- Tu réveilles Steve ? chuchote-t-il à sa mère.

- Si tu veux... mais en approchant du second lit, d'où émerge à peine une touffe soyeuse de cheveux blonds, Agnès se sent terriblement intimidée et elle doit faire un véritable effort pour secouer légèrement le garçon. Il se retourne aussitôt et en reconnaissant Agnès, lui adresse un tel sourire qu'elle s'en trouve tout illuminée.

Puis, confuse, elle sort précipitamment en se morigénant intérieurement. Dans les minutes qui suivent, elle s'est ressaisie, mais ce sourire reste gravé quelque part en elle.

Ce dimanche, une véritable sortie en famille a été organisée. On va passer la journée de l'autre côté de l'île dans une anse abritée et sauvage. Pique-nique et bateau gonflable sont embarqués dans la voiture de Gilles. Chloé ayant sollicité la permission de s'asseoir à l'avant, Agnès se retrouve à l'arrière entre Laurent et Steven. Pendant la petite heure que dure le trajet, il règne dans le véhicule une ambiance d'excursion scolaire. Chacun prend son tour pour choisir la musique à écouter, on bat la mesure en se frappant les cuisses, on commente bruyamment le paysage.

L'anse n'est fréquentée que par quelques plongeurs et quelques pêcheurs dont la présence passe presqu'inaperçue entre les rochers et les petites criques qu'ils délimitent. Les Michel s'installent sur le sable près d'un amas rocheux. Et la journée se déroule dans la plus grande décontraction, en baignades, explorations terrestres et sous-marines, recherche de crabes et de coquillages, jeux d'enfants avec le bateau qu'il faut gonfler à la bouche car on a oublié le gonfleur, et même construction collective d'un énorme château de sable qui est destiné à être laissé en offrande à la marée montante. Il y a des fous rires, des éclaboussures, des bagarres entre sable et eau, dont seul Gilles reste à l'écart ; il se contente de considérer de loin avec indulgence les ébats des autres avant de se replonger dans son journal politico-économique. En milieu d'après-midi, Agnès vient s'allonger auprès de lui, laissant les trois jeunes gens entre eux, soudain consciente d'appartenir à la génération des “parents”.

Quand le soleil commence à rougir le ciel, tout est ramassé et fourré dans le coffre de la voiture avec un copieux apport de sable et de sel. Pour le trajet de retour, c'est Laurent qui prend le siège avant et Chloé s'installe entre sa mère et Steven.

Journal de Steven - Voilà, le temps se gâte déjà. Ce n'est la faute de personne, mais ça risque de compliquer la suite de mon séjour. Il m'est arrivé un truc embêtant, aujourd'hui. Nous étions déjà prêts à entrer dans la mer, Chloé, Laurent et moi, quand Laurent a appelé sa mère ; en la voyant venir vers nous en bikini, j'étais fasciné par sa silhouette d'éphèbe à cheveux blancs, et à ma grande confusion, j'ai dû soudain me plonger précipitamment dans l'eau. Heureusement que je porte un short assez ample. La même embarrassante manifestation s'est reproduite deux ou trois fois au cours de la journée. C'est vraiment ridicule, elle est plus âgée que ma mère et ce n'est pas la première fois que je la vois en maillot de bain. Il est vrai que pour nager dans sa piscine elle porte un une-pièce et qu'elle se drape dans une serviette dès qu'elle sort de l'eau. J'espère que cette regrettable réaction involontaire de mon corps était purement accidentelle et que personne n'a rien remarqué.

Par précaution, pour le trajet de retour, j'ai évité tout risque de contact avec elle.

L'extrémité d'une fine cicatrice abdominale est visible à la limite du bikini - lequel de ses deux enfants en est la cause ?

Les jours continuent de s'égrener agréables et insouciants. Laurent et Steven ont de longues conversations sur leurs projets d'avenir et leur vie familiale respective.

- Chez vous, j'ai découvert la vraie vie de famille, dit Steven.

- Pourquoi, ce n'est pas comme ça, chez toi ?

- Pas du tout. Nous nous entendons bien et je ne manque de rien, mais nous n'avons pas vraiment d'échanges, même pour nous enguirlander quand nous ne sommes pas d'accord sur quelque chose... Ici, je m'amuse à deviner les réactions de ton père quand tu as des vues différentes des siennes, ajoute Steven en riant, il est tellement prévisible !

- Ah oui, je le contredis pas plaisir, uniquement parce qu'il est mon père, c'est ça ? reprend Laurent de même. Et encore, en ta présence, ces accrochages sont beaucoup moins fréquents. D'habitude c'est presqu'à tous les repas et maman a un mal fou à amortir les chocs. Grâce à toi, il accepte parfois d'écouter mes arguments calmement. J'aimerais bien pouvoir discuter plus souvent avec lui, mais c'est rarement possible.

- C'est toujours préférable à la neutralité bienveillante, crois-moi, dit Steven avec conviction.

Quand la famille se retrouve à table ce soir-là, Agnès annonce qu'elle leur a "décroché" une mini-croisière pour leur dernier week-end. Il s'agit, en compagnie de quelques agents de voyage, de servir de cobayes sur un yacht de luxe qui s'installe dans les parages à la recherche de contrats de charter.

- Six doubles cabines avec salle de bains, un équipage de six personnes, cuisine gastronomique, tout l'équipement de sports nautiques. Nous occuperons deux cabines, les autres hébergeront des gens discrets que je connais ; vous aurez non seulement la corvée de passer deux jours et une nuit à bord, mais encore d'essayer les planches à voile, le matériel de plongée et de pêche au gros, les skis, le jetski et d'autres petits jeux, plus l'équipement vidéo et son. Pour ce faire, nous irons croiser entre des îlots déserts. L'enfer, en un mot. Agnès se tourne vers Chloé :

- Tu es sûre que tu ne veux pas annuler le séjour chez la tante pour ne pas manquer cette occasion ?

- Ah non, je ne l'annule pas ;ce sera certainement très chouette, votre croisière, mais en bateau je me sens claustrophobe. Et puis, l'Amérique m'attend ! dit-elle en reprenant des lasagne.

- Si on emmenait Steve visiter le parc marin, samedi ? demande Laurent en attrapant le plat à son tour.

- Bonne idée, répond Gilles, pour notre dernière sortie au complet avant le départ de Chloé.

Steven n'a pas connu d'autres alertes durant les jours suivants. Il se surprend tout de même souvent à rôder autour d'Agnès sans raison, et lorsqu'il en prend conscience, il tombe dans l'excès inverse, l'évitant soigneusement. Elle ne semble pas remarquer ses manèges, fort heureusement. Le jour où il ne se montre pas à l'heure du thé, Agnès, inquiète, envoie Laurent s'enquérir de sa santé. Il est ravi de cette preuve de sollicitude, en fait sa défection avait pour but, avoué ou non, de provoquer une réaction.

Vient le jour de la visite du parc marin, un superbe récif de corail proche de la côte. Steven ne craint plus d'être assis en voiture près d'Agnès, comme c'est le cas cette fois pour se rendre au point de départ des bateaux à fond de verre qui emmènent les visiteurs sur le site. Il a maintenant apprivoisé cette vague émotion que fait naître en lui la proximité physique de la mère de son ami.

Arrivés sur les lieux, les passagers s'équipent de palmes, masques et tubes ; les Michel et leur invité sont les premiers à se laisser glisser dans les eaux transparentes. Chloé et Laurent s'éloignent dans une direction en compagnie de leur père, Steven va de son côté, et Agnès, dès qu'elle a plongé le visage dans l'eau, oublie le monde extérieur. C'est chaque fois la même magie dont elle ne se lasse jamais. Planant au-dessus d'un paysage féérique de formations coraliennes tourmentées, éventails, cerveaux ou fleurs pétrifiés, couleurs subtiles allant du verdâtre au rouge vif en passant par toutes les nuances de pourpre et de mauve, prés d'algues broutés par des poissons peu farouches, anémones et leurs parasites, coquillages entrouverts à la chair étalée, se refermant prestement à l'approche d'un danger, elle heurte soudain un autre corps. Elle tourne la tête vers le nageur que le courant a fait dériver contre elle. C'est Steven. Ils rient à travers leurs masques avant de reprendre leur exploration. Elle voit sous l'eau, magnifié par la vitre du masque, un corps svelte et nerveux dont le maillot a glissé bas sur les hanches, découvrant l'amorce de l'aine. Elle en ressent aussitôt l'inimitable frisson qu'elle n'aurait jamais pensé éprouver en présence d'un ami de son propre fils. Elle s'en veut, mais cette brève rencontre ne suffit pas à gâcher sa promenade sous-marine. Ce n'est que plus tard, après le retour à terre, qu'elle mesure les conséquences possibles de son éveil au corps du jeune homme. Il faut qu'elle mette tout en œuvre pour que personne ne remarque rien, il faut qu'elle se comporte le plus naturellement possible, qu'elle évite tout contact rapproché, tout instant de solitude avec lui...

Elle y parvient très bien, les jours suivants. L'atmosphère générale ne semble pas altérée le moins du monde, alors Agnès s'enhardit même à ne pas lutter contre ce trouble qui n'affecte pas leurs relations. Elle se prend à se délecter de ces flambées soudaines et de ces émotions fugaces ; pourquoi se priver du plaisir du léger goût d'inceste qu'ont ses élans maternels pour lui ? Au fond d'elle-même, elle remercie Steven de concentrer sur sa personne ses pulsions sensuelles pour les hommes en herbe, de purifier ses rapports avec son propre fils et d'épicer ses étreintes conjugales.

Journal de Steven - Chloé part demain. Bien qu'elle ne me gêne nullement, depuis plusieurs jours j'attends avec impatience cette dernière semaine où nous n'aurons pas à partager Agnès avec elle. Depuis le parc marin, j'ai l'impression qu'Agnès est plus distante envers moi. Aurait-elle remarqué quelque chose ?

Je viens de prendre conscience d'un fait curieux. Je ne m'adresse jamais directement à Agnès par son prénom ou une quelconque appellation, et j'emploie toujours l'anglais. Je crois que c'est parce que je peux ainsi me réfugier dans la commodité du "you"... Elle ne m'a d'ailleurs jamais demandé de l'appeler ceci ou cela, de lui dire "tu" ou "vous". Peut-être cette imprécision lui convient-elle aussi ?

Agnès s'est accordé une journée de liberté le jour du départ de Chloé. Mère et fille ont pris ensemble un dernier bain dans la piscine et se sont allongées côte à côte sous le même parasol pour se protéger du soleil de midi. Agnès, à demi soulevée sur un coude, caresse de sa main libre les cheveux de Chloé comme elle le faisait pour l'endormir quand elle était petite. Chloé savoure avec volupté cet instant d'intimité exclusive ; entre ses paupières mi-closes, elle surprend un sourire sur le visage de sa mère.

- Tu penses à quoi ?

- A quoi penses-tu ? reprend Agnès. Ces interrogations à l'envers l'horripilent et Chloé abuse des "Il est où ?" et des "C'est quoi ?" pour la taquiner.

- Non, toi, dit Chloé en souriant.

- Je pense que les candidats ne manqueront pas pour prendre ma relève dans ce genre d'activité...

- Qu'est-ce qui te fait dire ça ?

- Ne fais pas l'innocente, tu sais très bien que tu n'es pas particulièrement repoussante, physiquement. (Un temps). Laurent non plus, d'ailleurs, à voir les manèges de tes copines quand elles viennent à la maison.

Silence, caresses. Pili-Pili venu de nulle part vient se glisser contre Chloé.

- Et Steve, tu le trouves comment ? interroge Chloé.

- Comment le trouves-tu ? Très présentable aussi, dans son style.

Agnès lève les yeux. Il est là, de l'autre côté du parasol. Leurs regards se croisent.

- Tiens, Steven, tu viens faire un plongeon ? Agnès parvient à poser la question d'un ton détaché. Depuis combien de temps est-il là ?

Steven hésite un instant avant de répondre : « Non, je cherchais Pili-Pili... »

- Il est ici, reste un moment...

Pili-Pili quitte les bras de Chloé pour jouer avec Steven qui suit avec fascination le mouvement de la main d'Agnès dans les cheveux de jais de sa fille. Il en ressent presque une souffrance physique. Agnès évite soigneusement de le regarder.

- Ah, je vous cherchais, tous.

L'arrivée de Laurent brise l'envoûtement, la vie recommence.

Vue de loin, La Paloma est une miniature de paquebot étincelant de blancheur. De près, c'est une de ces merveilles comme seuls les chantiers navals italiens savent en concevoir. Une ligne à l'élégance de pur-sang des mers, un intérieur d'un luxe raffiné dans les moindres détails, une stabilité sur l'eau à laquelle même les moins marins des passagers ne trouveront rien à redire.

Un marin d'ébène portant sur sa tunique le nom du yacht accueille les Michel sur le parking du quai et s'empare de leurs sacs. Un fringant capitaine tout blanc et or les reçoit au pied de la coupée en haut de laquelle est aligné tout le reste de l'équipage : la jeune femme officier en second, le chef mécanicien, le cuisinier et les marins/hommes à tout faire, enfin le moniteur de sports nautiques.

Puis c'est l'exploration de La Paloma. Un grand salon à l'épaisse moquette crème et aux élégants sièges de cuir ouvre sur le pont inférieur. Celui-ci est vaste et couvert, il abrite la salle-à-manger et est bordé vers l'arrière de profondes banquettes. Un corridor part du salon et conduit à la “Suite présidentielle”, véritable appartement digne d'un palace flottant. Les bagages de Gilles et Agnès y sont déjà, provoquant les manifestations d'envie railleuse de Laurent. Un coup d'œil au passage à la cuisine, étincelante d'acier et riche de fumets prometteurs. La petite troupe se bouscule de nouveau dans le couloir pour rejoindre le salon d'où part l'escalier qui conduit aux autres cabines doubles dont la plus vaste est attribuée à Laurent et Steven. La visite se poursuit par le pont supérieur, chaises longues, fauteuils moelleux, tables basses et parasols bleu et blanc, l'image même des vacances aux Caraïbes ; ensuite il y a la passerelle, qui domine le pont avant, domaine de l'équipage et des besognes domestiques. Couronnant le tout, le solarium qui ouvre directement sur le ciel et forme en même temps un belvédère parfait. Les autres invités sont arrivés entre temps, un couple d'âge moyen et deux jeunes gens qui n'en sont pas à leur première invitation promotionnelle partagée et semblent s'entendre comme larrons en foire. Agnès fait les présentations et dès la fin du petit discours du capitaine, donnant quelques détails sur la vie à bord et les consignes de sécurité, il semble que tout le monde se soit toujours connu.

On lève l'ancre immédiatement pour atteindre la première halte à l'heure du déjeuner, un mouillage tranquille entre deux îlots inhabités. Dès qu'elle est assez éloignée de la côte, La Paloma prend son vol, maintenant sans peine ses onze nœuds de moyenne. L'air du large est enivrant et tous éprouvent une certaine griserie pendant ces trois heures de navigation. Gilles et Agnès se sont installés sur l'accueillante banquette du pont inférieur en compagnie de l'autre couple. Laurent et Steven sont à l'avant avec les deux autres jeunes gens et Ron, le moniteur, alternant la contemplation de la lame d'étrave et l'examen du matériel sportif. Quand les îlots sont en vue, la vitesse est réduite, puis La Paloma s'immobilise bientôt à égale distance des deux masses rocheuses. Il y a un moment de flottement parmi les passagers, le temps de s'adapter au contraste entre un monde en mouvement, sonore et sans limites, et le calme et le silence relatif, avec un horizon balisé par des terres. Dès que l'ancre est jetée, le déjeuner est servi autour de la grande table ovale. La cuisine est digne des meilleurs restaurants et il faut toute l'énergie de la jeunesse pour résister à la sieste, à laquelle Gilles décide de s'adonner plutôt que de chausser des skis ou de partir en zodiac sur un lieu de plongée. Par solidarité de génération, Agnès opte pour la baignade et la planche à voile qui peuvent se pratiquer à proximité du yacht. Les quatre jeune gens disparaissent avec Ron et ne reparaissent, enthousiastes, qu'à la tombée de la nuit.

La lune ascendante laisse tomber des gouttes d'argent sur la surface de l'eau quand les passagers et l'équipage, ayant passé ensemble une joyeuse soirée, précédée d'un savoureux dîner, s'assemblent d'un commun accord sur le pont supérieur pour communier dans la paix unique des lieux. Pas une lumière autour d'eux, à part les scintillements de la lune sur l'eau, aucune autre présence humaine que les leurs, aucune autre présence animale que le saut d'un poisson de temps en temps.

Agnès s'éveille au glissement de pieds nus sur les planches du pont. Il est cinq heures et demie et les interstices des doubles rideaux ne laissent passer aucune lueur. Prenant bien soin de ne pas réveiller Gilles, elle enfile un short et un T-shirt et se glisse hors de la cabine. Elle n'avait pas rêvé. L'un des marins est silencieusement en train d'éponger l'humidité de la nuit des surfaces métalliques du bateau. Il lui souhaite le bonjour à voix basse et lui demande si elle veut qu'on lui prépare une tasse de thé qu'elle accepte volontiers. Elle monte au solarium pour savourer du plus haut le calme de l'aube dans un silence à peine troublé par le ronronnement régulier de La Paloma. Seule une vague clarté indique l'est. De loin en loin se forment des cercles sur l'eau, là où une tortue est venue respirer à la surface. Pendant la nuit des barques de pêcheurs ont pris position près des côtes, frêles esquifs garnis chacun d'une unique silhouette immobile. La lueur rosit rapidement, le ciel est sans nuage. Puis le soleil montre une première rognure d'ongle d'un orangé déjà vif. Le globe se forme à vue d'œil, suscitant un long reflet de feu sur la mer d'huile. A mesure que le cercle se remplit, le reflet se raccourcit - comme une queue de comète qui se rétrécierait à mesure qu'elle se rapproche. En quelques minutes, le cercle complet se détache de l'horizon. La lumière dorée atteint la coque de La Paloma. Agnès se retourne pour voir le reste du bateau éclairé par ce coup de projecteur ; ce qu'elle voit en fait, c'est le visage de Steven flottant dans une poussière d'or, Steven qui se tenait à quelques pas derrière elle, tellement silencieux qu'elle n'avait pas soupçonné sa présence. Sans un mot, lentement, il la débarrasse de sa tasse vide qu'il pose par terre. Elle est convaincue qu'il va la prendre dans ses bras ou faire quelque chose d'affreusement embarrassant et, en proie à une sorte de panique, elle lui tourne le dos, comme pour se replonger dans la contemplation de la nature ; elle passe quelques secondes sur des charbons ardents.

Dès que le soleil s'est séparé de la mer, une brise légère se lève. La surface de l'eau est parcourue de frissons de vie. Une des embarcations, profitant de la brise, déploie sa voile latine, aile unique d'oiseau marin.

- Je suis content de voir que le spectacle n'a pas été perdu pour tout le monde.

C'est le chef mécanicien qui surgit en haut de l'échelle d'accès au solarium. Steven et Agnès accueillent avec un soulagement unanime son apparition. La chaleur du soleil se fait déjà sentir lorsque le trio descend pour le petit déjeuner.

La Paloma change de mouillage dans la matinée. De l'autre côté de l'un des îlots se trouve une anse abritée qui paraît-il, servait autrefois de refuge aux bateaux de pirates. Les fonds y sont superbes et tous les passagers vont se livrer à la plongée pendant que l'équipage transporte à terre tout ce qu'il faut pour un barbecue sur le sable, en hommage aux hypothétiques corsaires qui hantèrent ces lieux. Tout en vivant pleinement chaque minute de la journée et en partageant les activités des jeunes gens sans complexe, Agnès ne peut s'empêcher de penser à cet instant fugace, ce matin, qui lui a fait entrevoir une situation de réciprocité...

Journal de Steven - Je n'oublierai jamais La Paloma.

... Quand je l'ai vue seule sur le pont, ce matin, j'ai eu du mal à me retenir de la serrer dans mes bras. Elle est si petite, elle était si absorbée dans sa contemplation... Elle a eu l'air si troublée en découvrant ma présence que je me demande si mon attirance pour elle n'est pas réciproque. Si c'est le cas, je suis content de ne pas m'en être aperçu plus tôt.

Les levers de soleil ne me seront plus jamais indifférents...

Les garçons partent ce soir. Laurent fait un plaisir immense à son père en proposant ce matin une expédition sur la plage de son enfance, sortie à laquelle il s'est refusé pendant tout le séjour. La mer est une piscine géante qui laisse juste assez de plage de sable blanc pour composer un véritable décor de carte postale : cocotiers, ciel bleu, mer turquoise et pratiquement personne d'autre qu'eux quatre. Est-ce à cause de la sérénité du lieu et du moment, est-ce parce que c'est le dernier jour ? En tout cas Agnès ne ressent envers Steven aucune gêne et aucune inhibition. Lui-même assiste aux ébats de Laurent et ses parents dans les vagues sans penser à cacher quoi que ce soit. Les quatre amis alternent la baignade et la marche sur la plage, observent les crabes pratiquement incolores, cherchent dans le sable les petits bivalves qui s'y enfouissent. Puis ils s'étalent tous au soleil pour se reposer avant de reprendre leur promenade. Agnès se laisse aller sans retenue au plaisir de la contemplation de ces deux corps adolescents, celui qu'elle a produit et qui quelques années auparavant faisait ses premiers pas sur cette plage, bébé bronzé et joyeux, et celui qui l'émeut ; elle promène son regard sur ce corps lisse, s'attardant sur l'attendrissante ligne sombre qui part du nombril pour aller se perdre dans le maillot. Les deux garçons ont en commun des hanches minces et des corps souples qu'ils dissimulent la plupart du temps sous d'amples vêtements informes. Est-ce par simple recherche de confort, mode, ou volonté affirmée d'anti-exhibitionnisme, à la différence des générations précédentes qui affichaient puérilement leur anatomie ? Considèrent-ils qu'ayant des cerveaux ils n'ont pas besoin d'étaler leurs corps ? Est-ce par pudeur ? Il faudra qu'Agnès pose la question à Laurent, à l'occasion.

L'état de grâce se prolonge à la maison. Les garçons appellent Agnès à la rescousse dans leur chambre pour les aider à faire leurs bagages. Ils ont acheté tellement de cadeaux qu'ils ne savent pas par où commencer.

En milieu d'après-midi, croyant les trois hommes sortis pour des emplettes de dernière minute, Agnès se rend dans la chambre des garçons pour y déposer du linge. En temps ordinaire, elle ne fait jamais irruption dans leur domaine, mais cet après-midi-là, sûre de ne déranger personne, elle ouvre la porte sans frapper. Et elle s'arrête, figée, une main toujours sur la poignée. Parmi les valises et les sacs à moitié remplis, les cadeaux pour les amis éparpillés, Steven est là, agenouillé sur le tapis, en train d'essayer d'emballer une maquette de bateau qu'ils ont choisie ensemble la veille. Il se dresse d'un bond - il sort manifestement de la douche, ses cheveux sont encore humides et il n'est vêtu que d'une serviette. En s'excusant d'une voix qu'elle essaie de rendre ferme, elle se prépare à ressortir, mais s'attarde sur le seuil. Il lui demande précipitamment si elle peut l'aider à emballer la maquette. Contente d'avoir quelque chose à faire pour retrouver une contenance, elle lance le linge sur le lit le plus proche, s'accroupit en face de lui et a tôt fait, en quelques gestes vifs et assurés, de produire un paquet ficelé facile à transporter. « Voilà », dit-elle en levant les yeux vers lui, rencontrant son regard plein de gêne et de ferveur à la fois. Extrêmement troublée, elle se relève, prête à le laisser. D'un mouvement soudain, il étreint ses jambes et presse sa tête contre son ventre. Elle demeure immobile, le cœur battant sauvagement, envahie par un tumulte d'émotions. Puis, lentement, timidement, elle pose la main sur ses mèches blondes, fait un effort immense pour avoir le courage de se dégager doucement, et sort en refermant la porte derrière elle, jambes flageolantes et sens en révolution.

En entendant ses amis rentrer, Steven se demande s'il osera descendre pour le thé. Mais il ne veut pas manquer ce dernier moment privilégié avant le départ et, une fois habillé et s'étant assuré d'un coup d'œil dans le miroir que son visage ne le trahit pas, c'est d'un pas presque ferme qu'il traverse le salon pour les rejoindre sur la terrasse. Elle est en train de servir le thé comme tous les jours, pourtant il redoute le moment où il croisera son regard. Quand elle lui tend sa tasse et une assiette de beignets à la fleur d'oranger, elle plonge ses yeux dans les siens, pleins d'une tendre complicité. Rassuré, il peut se laisser aller à savourer ces derniers moments en sa compagnie sans arrière-pensée.

A l'aéroport, au moment de la séparation devant les portes que seuls les voyageurs franchissent, il lui dépose un baiser filial sur chaque jour et tout ce qu'il trouve à murmurer est la formule que tout petit garçon anglais bien élevé prononce à la fin d'un goûter d'enfants : « Thank you for having me ». « You're welcome », répond-elle automatiquement, alors qu'elle a envie de dire : « I wish I had ! »[7]

---

[7] Littéralement : « Merci de m'avoir eu ». « Il n'y a pas de quoi », alors qu'elle a envie de dire « J'aurais bien aimé ! »

Agnès glisse sa main dans celle de Gilles et tous deux suivent du regard les deux silhouettes happées vers le haut par l'escalier mécanique jusqu'à ce qu'elles aient complètement disparu.

Cendrillon

Lorsqu'elle me raconta cette histoire, Véronique était une jeune quadragénaire bien dans sa peau. Elle avait un emploi intéressant, un compagnon charmant et des relations harmonieuses avec le monde qui l'entourait. C'était une méridionale appétissante et pleine d'humour, qui apportait une touche ensoleillée partout où elle passait. Nous nous étions rencontrées à un mariage estival et campagnard et avions immédiatement sympathisé. Pas la moindre glace à rompre dans ces circonstances, d'autant plus que nous étions chacune très proche des parents des mariés et avions un tas de relations communes. Le repas de noces avait été servi sous les tilleuls sur de longues tables habillées de blanc, d'argenterie, de cristaux et de fleurs. Puis, la chaleur de midi ayant fait place à une fraîcheur toute relative, les tablées s'étaient disloquées, de petits groupes s'étaient formés, certains dansant, d'autres devisant à l'ombre en faisant quelques pas dans la verdure. Je m'étais assise avec Véro et nos deux compagnons sous une tonnelle d'où nous pouvions voir la piste de danse. Après avoir longuement observé deux jeunes gens qui apparemment venaient de faire connaissance et ne se quittaient déjà plus, Véro dévida son récit d'un ton léger.

« La dernière fois que je me suis trouvée dans des circonstances similaires à celles d'aujourd'hui, j'allais avoir dix-huit ans… J'avais été invitée à un mariage et cette invitation m'avait remplie de crainte et fait vivre d'espoir pendant plusieurs semaines avant la date fatidique. Il s'agissait de noces alliant deux des familles les plus en vue de la région. Tout ce qui comptait autour de nous allait y être convié et je fus tout d'abord un peu surprise, puis bien aise, de figurer sur la liste des heureux élus. J'en parlai avec excitation autour de moi, jusqu'au moment où l'un de mes frères me ramena brusquement à la réalité – où allais-je me procurer la tenue vestimentaire adéquate ? Qui allait m'y conduire ?

Il faut vous dire qu'à l'époque, ma vie familiale n'était pas des plus normales. Ma sœur, mes deux demi-frères et moi-même avions grandi tant bien que mal à la garde de notre père, un bohème qui avait réussi à faire fuir deux épouses à quelques années d'intervalle. J'étais très jeune quand ma mère nous quitta et j'avais vécu mon enfance dans le ressentiment de cet abandon mêlé à la culpabilité de n'avoir pas su retenir cette mère dont je gardais un souvenir imprécis. Mais j'ai pu assister à l'évolution de la situation qui conduisit celle qui lui succéda, la mère de mes deux demi-frères, à déserter à son tour. Mon père aimait ses enfants à sa manière puisqu'à chaque défection il avait employé tous les moyens légaux ou autres pour obtenir la garde de sa progéniture, au grand déchirement de ma belle-mère, et peut-être aussi de ma mère avant elle…

Nous nous débrouillions comme nous le pouvions pour nous donner mutuellement la chaleur qui nous manquait et que des grands-parents disparus trop tôt ne pouvaient nous accorder. C'était en pension que je me trouvais le mieux, mon souci principal étant d'user de stratagèmes pour faire croire que mon trousseau règlementaire était complet, ce qui était loin d'être le cas et était passible de renvoi.

Dès l'âge de quatorze ans, ma sœur aînée et moi-même faisions des prouesses pour nous habiller “comme les autres". Notre père menait une vie des plus frugales et nous faisait partager cette frugalité bon gré mal gré. Lorsque l'invitation arriva, ma sœur avait trouvé un emploi dans une autre ville et ne pouvait m'être d'aucun secours. Je venais juste de passer mon bac, c'était le début des vacances et je n'avais aucun moyen financier. En voyant l'invitation, mon père lâcha négligemment : « Vas-y seulement si tu es vêtue correctement, je ne veux pas que tu me fasses honte, j'y serai aussi… »

Véritable Cendrillon, j'eus recours à ma marraine, une vieille dame au cœur immense, qui était restée célibataire après le décès à la guerre de son troufion de fiancé ; elle me rassura, elle m'achèterait une toilette, des chaussures, et m'hébergerait chez elle la veille au soir car elle habitait tout près du lieu de la noce. J'étais sauvée, alors je commençai à rêver…

Je me revois donc la veille du grand jour, aussi excitée que si c'était moi la mariée. J'étais arrivée par le car chez ma marraine, transportant avec précaution le sac contenant mes vêtements neufs. Aussitôt installée, je revêtis l'ensemble, les chaussures, essayai diverses coiffures ; à l'heure du dîner, ma marraine dut insister pour que je me change afin de ne rien froisser pour le lendemain. Le matin, nous irions toutes les deux à l'église, où je retrouverais une amie d'enfance et ses parents à qui je me joindrais pour la réception. Malgré les recommandations prodiguées par ma marraine de me coucher tôt pour être en beauté le lendemain, je me souviens d'avoir eu du mal à me résoudre à éteindre la lumière ce soir-là, puis d'avoir eu une nuit pleine de rêves de prince charmant et de valses viennoises, enfin de m'être éveillée alors qu'une vague clarté pâlissait à peine les interstices des volets. Je m'efforçai de rester allongée, les yeux au plafond, jusqu'à ce qu'un rai de soleil vint se poser sur mon lit. Je décidai de ne pas bouger avant d'entendre dans la cuisine les bruits produits par ma marraine préparant le petit déjeuner. La journée s'annonçait chaude, mille bruissements l'indiquaient. De mon lit, je pouvais voir la tunique étalée sur le fauteuil d'osier de la chambre, les sandales dorées bien rangées devant, et je sentais des fourmis dans tout mon corps, sous le drap léger au parfum de lavande.

Lorsque le mur blanc de la chambre fut tout strié de soleil, je me levai sans plus attendre, ouvrant les volets sur une journée radieuse. L'air n'était pas encore alourdi de chaleur et l'ombre légère des pins donnait encore une illusion de fraîcheur. Le monde m'appartenait – la page blanche qui s'ouvrait devant moi m'éblouissait déjà… Tout trouvait grâce à mes yeux. La maison de ma marraine, vieille bâtisse provençale où chacune de mes visites d'enfant, trop rares à mon goût, avait été synonyme de réconfort, devenait un palais enchanté. J'éprouvai de l'affection pour le rouge fané des tommettes, les portes de chêne ciré aux loquets de fer forgé qui faisaient un petit clic quand on les manœuvrait, les niches aménagées dans l'épaisseur des murs, les volets qui grinçaient un peu en tournant sur leurs gonds et que, peu de temps auparavant, j'avais encore du mal à fixer contre la façade crépie d'ocre pâle.

Toujours vêtue de la chemise de nuit qui m'était réservée ici, une "chemise de jour" ancienne de fine percale brodée à la main, je descendis pieds nus l'escalier dont certaines tommettes bougeaient sous les pas. Ma marraine avait déjà disposé les bols de faïence jaune d'or sur la table de la cuisine et taillait des tartines de pain de campagne contre son giron tout en surveillant d'un œil le lait sur le feu dans sa casserole émaillée – le comble du cocon familial dont j'étais tellement sevrée… Quel meilleur tremplin pour une journée riche de promesses !

Enfin parée - tunique de soie fendue sur les côtés sur un pantalon aérien - les ongles soigneusement vernis, les bracelets d'or prêtés par ma bonne fée tintant à mon bras gauche, les cheveux propres et brillants simplement lissés dans le dos, je m'admirai avec approbation dans le miroir du couloir avant de partir pour l'église. Nous y arrivâmes en quelques minutes et entrâmes aussitôt pour pouvoir choisir des places près de l'allée centrale. La nef romane était dorée de soleil à travers les vitraux clairs, je me souviens de masses de fleurs, de dames chapeautées et de messieurs en costume emplissant peu à peu les travées, puis la mariée en taffetas ivoire, l'orgue, un monde qui jusque là n'existait pour moi que dans les films et les romans. A chaque interruption de l'orgue, le concert des cigales à l'extérieur prenait le relais. A la fin de la messe, pendant la séance de photos sur le parvis, ma marraine me quitta (non, elle ne me dit pas de rentrer avant minuit…) et je me rendis en voiture au lieu de la réception en compagnie de mon amie et ses parents.

Là, autre enchantement. Je me rappelle un moment de flottement, les voitures déchargeant peu à peu leurs passagers, tout le monde dans l'expectative, un instant d'hésitation avant qu'un invité plus hardi que les autres ne se décide à s'approcher du bar installé sur la terrasse d'une longue bastide blanche aux volets fermés pour barrer la route à la chaleur. Je reconnaissais des gens, j'examinais les autres. Je restai avec mon amie, commentant invités et toilettes, pouffant de rire ; je me souviens du signal donné par la mariée de passer à table, le jeu de piste pour trouver son nom sur un carton. Je n'y lus point celui de mon père… il faisait probablement partie des invités de l'après-midi.

J'étais placée entre le frère de la mariée et un oncle du marié. Le frère de la mariée était un adolescent timide que je connaissais un peu, et l'oncle du marié un quinquagénaire rubicond et jovial qui fit tant pour essayer de me “mettre à l'aise” que j'aurais voulu disparaître dans un trou de souris. Enfin, un certain équilibre s'établit entre ces deux extrêmes et, échangeant quelques propos tantôt vers ma droite et tantôt vers ma gauche, je savourai chaque bouchée du déjeuner avec délice, tout en observant un à un les convives. Je n'avais encore jamais été conviée à un repas de cérémonie et je m'amusai des appellations recherchées, mignardises et autres chiffonnades, je m'initiai au trou normand et me demandai ce que pouvait bien me dire à l'oreille le serveur qui remplissait mon verre de vin. Autour de la table, le brouhaha enfla peu à peu, voix, cliquetis de couverts et de verres, rires bruyants, puis, au fromage, une certaine torpeur gagna les convives. J'en profitai pour aller rejoindre mon amie dans la pénombre de la maison sous prétexte de nous rafraîchir avant le rituel de la pièce montée.

Vint enfin le moment où ceux qui en avaient l'énergie purent se lever de table et se détendre avant le début de l'après-midi dansant. Les plus jeunes invités se retrouvèrent autour du disc-jockey pour prendre connaissance des titres disponibles. J'aperçus de loin mon père, très élégant dans un costume d'été gris perle que je ne lui connaissais pas. D'autres nouveaux arrivés se pressaient autour du jeune couple. Dès les premières mesures du tube de l'été, la piste de danse se garnit. C'était très probablement une variété française, je n'en ai pas gardé le souvenir exact… La musique anglo-saxonne atteignait nos régions avec beaucoup de retard et, si nous connaissions les Beatles, nous étions plus familiers avec Joe Dassin qu'avec Cat Stevens. Certainement par manque de pratique, danser en public m'intimidait énormément ; si bien qu'après la moitié d'un twist esquissé avec mon voisin de déjeuner, je me réfugiai auprès de la table à disques, étudiant un à un les 45 tours. J'allais saisir pour en lire les titres un disque de Julien Clerc, la révélation du moment, lorsqu'une voix masculine retentit derrière moi : « Voyons ce qu'il y a sur l'autre face ». Prête à éconduire l'importun, je me retournai pour découvrir un garçon plus ou moins de mon âge que je n'avais jamais vu auparavant. Mais je fus désarmée par son expression, et je sentis inconsciemment qu'il devait se trouver dans la même situation que moi : deux timides parachutés dans un monde mal connu duquel ils cherchaient à s'abriter. « Je m'appelle Rémi, et toi ? » Et le dialogue s'engagea spontanément, sans la moindre gêne ; une partie de moi-même s'en étonnait de temps en temps, l'autre traitait Rémi comme si elle l'avait toujours connu.

De danse en pause, de verres de jus de fruit en choix de nouveaux morceaux de musique, j'appris qu'il vivait seul avec sa mère ; nous découvrîmes que nous étions presque jumeaux, que nous étions tous les deux originaires de la région, et que si nous ne nous étions jamais rencontrés jusqu'à ce jour, c'était parce que nous étions tous les deux allés en pension. Mais nous pouvions nous citer des noms de gens connus de tous les deux. Plus tard dans la soirée, nous avions également établi que nous partagions quantité de goûts et de dégoûts et que nous nous trouvions très bien dans la compagnie l'un de l'autre.

J'avais remarqué à plusieurs reprises, sans trop y prêter attention, le regard de mon père posé sur nous. Lorsque la nuit d'été fut tout à fait tombée, au moment où nous nous enlacions pour un slow, mon père se dirigea droit vers moi et me dit sèchement sans accorder un regard à mon cavalier : « Nous partons ». Le ton était sans réplique. Je n'avais qu'à obtempérer. Sur le moment, je ne compris pas la réaction de Rémi ; il était presque paralysé sur place et me laissa partir sans un mot, juste une discrète pression de la main avant de lâcher la mienne. Je suivis mon père au milieu des danseurs, me disant qu'il nous serait facile de reprendre contact, maintenant que nous avions fait connaissance. Je marchai vers la voiture en silence pour ne pas rompre l'enchantement, pour demeurer dans ce nuage de béatitude qui m'avait enveloppée pendant quelques heures. Mon père ne desserra pas les dents jusqu'à ce que nous roulions sur la route. Le ronronnement du moteur servit d'accompagnement à l'échange qui suivit :

- Tu as passé tout ton temps avec ce garçon. Il te plaît donc ?
- Disons que je me trouve très bien avec lui et que j'espère le revoir.
- Je te conseille de l'oublier au plus tôt, il n'est pas pour toi.
- Mais, pourquoi ?

Un temps, puis :

- Ce serait un inceste.

La voiture poursuivit son chemin dans la nuit parfumée pendant que le ciel me tombait sur la tête. »

Véro se tut. Personne à notre table ne prononça une parole durant plusieurs minutes, comme pour apprécier l'abîme qui s'était ouvert devant elle ce soir-là.

Je revis souvent Véro par la suite. Quelques années après son récit, son père tomba malade et elle s'occupa de lui avec un dévouement sans borne. Après son décès, triant des papiers du défunt, Véro découvrit plusieurs boîtes à chaussures dans lesquelles étaient soigneusement rangées des lettres qui n'avaient jamais été ouvertes. Des lettres de sa mère… Ces lettres étaient adressées à elle-même et à sa sœur ; il y en avait quatre par an, deux pour Noël, une par anniversaire – depuis son départ, leur mère n'avait jamais failli à ce rite, et Véro n'en avait rien su ! Le contenu des premières boîtes provenait de différents pays d'Afrique, les enveloppes des dix dernières années portaient des timbres d'Australie.

Je viens d'avoir un coup de téléphone de Véro, elle s'envole demain pour Sydney…

Table des matières

Préface	9
Les crapauds-buffles	13
Les goûts de l'amour	21
La visite	37
Santa Ana	47
Jamais plus	77
Samburu	99
Mission	103
Vie de famille	125
Cendrillon	151

Romans et nouvelles d'Europe

aux éditions L'Harmattan

Dernières parutions

LA CLAIRIÈRE DU MENSONGE
Roman
Alain Lozac'h
Paris, l'été 1936, le Front populaire. Louise, jeune employée dans un magasin des grands boulevards et Adam, exilé polonais, se rencontrent alors qu'ils veulent tous deux soutenir l'Espagne républicaine. Adam s'engage dans les brigades internationales, Louise s'occupe dans un premier temps d'enfants espagnols réfugiés. Ils se retrouvent à Paris, alors que la Catalogne est sur le point de tomber aux mains des franquistes. Puis Adam rejoint Cracovie... Une nouvelle guerre éclate...
(Coll. Écritures, 17,5 euros, 186 p., mars 2015)
EAN : 9782343056616 EAN PDF : 9782336371542

CONTES DE LA LUNE ROUSSE
Vincent Silveira
Dans un voyage à travers le temps et l'espace, Moyen Âge, Grande Révolution, guerre d'Espagne, les nouvelles de cet ouvrage évoluent sous le regard d'une lune rousse omniprésente. On passera, sans crier gare, ou sans reprendre son souffle, de la violence et de l'âpreté des deux contes médiévaux, au lyrisme ; de la dénonciation militante, au fantastique. Enfin, au détour de plus d'une page, le lecteur pourra retrouver l'écriture caractéristique de l'auteur mêlant érudition, érotisme et humour.
(14,5 euros, 148 p., mars 2015)
EAN : 9782343055411 EAN PDF : 9782336372815

LE FILS CHARTREUX DE BARBEROUSSE
Annie Maas
En 1168, Terric est simple frère convers à la chartreuse Sainte-Marie de la Sylve-Bénite, à quelques encablures du lac Paladru. Fils, né hors mariage, de l'empereur Frédéric 1er, dit Barberousse, il va connaître une extraordinaire épopée qui le mènera d'Allemagne en Dauphiné et du Dauphiné en Italie. Il devient l'émissaire de son père. Les négociations secrètes qu'il va mener seront déterminantes pour que le schisme qui divise l'Empire prenne fin. Ce roman tente d'éclairer la vie de ce personnage énigmatique et attachant.
(Coll. Romans historiques, 19,5 euros, 266 p., mars 2015)
EAN : 9782343057347 EAN PDF : 9782336373119

MADAME BETHSABÉE
Roman
Henri Froment-Meurice
L'auteur s'empare de la célèbre histoire de David et Bethsabée pour la situer dans notre monde d'aujourd'hui. Si le lecteur n'a guère de mal à imaginer que David,

très autoritaire empereur d'Orient, ne se contentera pas de regarder Madame Bethsabée sortir de son bain, il ira ensuite de surprise en surprise. Il découvrira que celle-ci, bien que femme dans un Empire d'hommes, s'impose et finit par faire l'Histoire.
(Coll. Écritures, 38 euros, 552 p., mars 2015)
EAN : 9782343043708 EAN PDF : 9782336372242

MOBY DICK AUX CANARIES
Rosario Valcarcel
Traduit de l'espagnol par Marie-Claire Durand-Guiziou et Jean-Marie Flores
La fraîcheur et la spontanéité donnent le ton à ce roman dont le titre rappelle que Las Palmas a eu ses moments de gloire en 1954 grâce au tournage du film Moby Dick. La présence lumineuse de Grégory Peck va alors transformer le quotidien insulaire et monocorde de l'héroïne adolescente en instants magiques. Dans une société assujettie à une Église omniprésente, sous un régime de contraintes, seule la subtile ingéniosité de ses habitants pourra composer avec l'adversité.
(Coll. Lettres canariennes, 20 euros, 190 p., mars 2015)
EAN : 9782343050911 / EAN PDF : 9782336371962

QUEL EST VOTRE NOM ?
Roman
Thierry Albert
Paris, les années 80. Un couple de jeunes étudiants, Pierre et Marie, héritent du journal de leur professeur de philosophie et père spirituel. Animés du désir d'en savoir davantage, ils enquêtent et rencontrent plusieurs protagonistes qui mettent au jour la complexité et les paradoxes de leur mentor. Comment a-t-il pu devenir antisémite et pétainiste en 1940 ? Comment expliquer son soutien à Dora Bruder, qu'il a hébergé dans un Paris occupé ? Pourquoi rejeter la psychanalyse de Lacan et suivre une analyse avec lui ? Pourquoi a-t-il légué son journal à ses étudiants ?
(Coll. Rue des écoles, 14,5 euros, 140 p., mars 2015)
EAN : 9782343053844 EAN PDF : 9782336370880

SALLE DES PAS PERDUS
Nouvelles
Claire Julier
La rumeur recommençait. D'abord quelques mots crus lancés par des hommes. Les femmes les avaient attrapés avec avidité, en avaient ajoutés. L'histoire s'inventait, longue, de plus en plus longue, nauséabonde. Chuchotements, bouche à oreille. Et puis, elles ne se gênent plus. «Une belle salope ! Si c'est pas une honte, revenir ici. Elle porte le malheur sur elle. Même vieille. Folle, folle à lier !» Les voix montaient, stridentes, vulgaires. Les rires devenaient gras, puis s'étouffaient.
(15 euros, 146 p., mars 2015)
EAN : 9782343056968 EAN PDF : 9782336371382

SUR LA SELLETTE
Nouvelles
Annie Ferret
Elles se déshabillent et s'immobilisent le temps d'une pose. Nues. Des femmes, le plus souvent. Des modèles parfois incroyablement lucides, parfois bêtement aveuglés et jouant avec le feu. Les nouvelles rassemblées ici ouvrent au lecteur une

porte qu'un étranger ne devrait jamais franchir : celle de l'atelier de l'artiste, face à face avec son modèle. Porte derrière laquelle, si l'on n'y prend pas garde, de l'art à la folie, il n'y a parfois qu'un pas...
(15,5 euros, 152 p., mars 2015)
EAN : 9782343058009 EAN PDF : 9782336372914

LE TEMPS D'UNE VIGNE
Roman
Pierre Pommier
Chronique vigneronne dans le Bordelais. Amours, conflits et projets d'une famille de viticulteurs. En toile de fond : l'art du vin. Au fil des générations, ce monde se transforme. Des investisseurs rachètent les vignes. La commercialisation s'accommode de petits arrangements. Un vaste projet d'infrastructure menace l'environnement. La famille Baumont veut résister aux pressions, rénover le domaine, développer le goût de l'excellence. Le pourra-t-elle ?
(Coll. Littérature et régions, 18 euros, 194 p., mars 2015)
EAN : 9782343055978 EAN PDF : 9782336372273

L'AMOUR À L'AUBE DU CRÉPUSCULE
Roman
Ginie Chabriel, E. Nessuno
Les deux auteurs ont voulu traiter, dans ce roman, la vie des septuagénaires en abordant des sujets dont on parle peu : leurs solitudes, leurs relations amoureuses et leurs besoins sexuels. Eux-mêmes n'en font pas (ou peu) état, par pudeur et par crainte d'être jugés. Si certains séniors acceptent progressivement d'afficher leur soif de vivre en jouissant pleinement de leurs dernières années, pourquoi ce sujet resterait-il encore culturellement tabou ?
(20 euros, 216 p., janvier 2015)
EAN : 9782343053493 EAN PDF : 9782336367828

DU THÉÂTRE ET DES SOUVENIRS
Nouvelles
Yoland Simon
Le théâtre est le personnage principal de ces trois nouvelles. La première s'apparente à un récit initiatique où l'héroïne tente de se reconstruire grâce à un stage d'art dramatique aux exercices suprenants, inspirés de Stanislavski. Dans la seconde, l'auteur nous conte la création de *Mademoiselle Julie* de Strindberg. La dernière nous rappelle enfin que le théâtre ne serait rien sans ses spectateurs, comme ces deux amies qui célèbrent son culte dans la légendaire Cité des Papes.
(15,5 euros, 158 p., janvier 2015)
EAN : 9782343053745 EAN PDF : 9782336368221

L'ENCHANTEMENT
Récit
Dominique Renaud
Au crépuscule de sa vie, un homme s'éprend d'une jeune femme inaccessible. Lui vient alors l'idée de lui écrire, de prolonger cet envoûtement qui se traduit bientôt en une confrontation avec sa propre vie, son propre vieillissement, et la conscience claire de sa mort, inéluctable.
(14,5 euros, 144 p., janvier 2015)
EAN : 9782343042985 EAN PDF : 9782336365558

ENFANTS ÉGARÉS. DANS LES BRAS D'UNE MÈRE GOUROU
Roman
Calixte Baniafouna
Wivine, Xénia, Yvan et Zacharie sont deux sœurs et deux frères des mêmes père et mère, élevés selon deux modèles d'éducation. L'un, pratiqué par le père, privilégiait l'épanouissement personnel des enfants. L'autre, pratiqué par la mère, prônait la facilité, l'objectif étant de faire des enfants... des stars ! Ce roman est inspiré d'une histoire vraie, racontée avec ses conséquences dramatiques.
(19,5 euros, 222 p., janvier 2015)
EAN : 9782343045542 EAN PDF : 9782336365237

ET VOILÀ D'OÙ TU VIENS MON ENFANT
Roman
Jo Noorbergen
«L'écriture, je l'effleure comme on offre un message à l'océan. J'écris sporadiquement comme l'eau qui s'échappe entre les doigts. Non pas comme un ouvrier laborieux, mais comme le papillon volage, je butine de situations en mémoires. Ce sont des rencontres, des voyages, des humeurs, des étonnements, des sourires, des sanglots et des pleurs. Mes écrits, je les confie au gré des hasards avec l'inquiétude de celui qui lâche aux vents la carte et sa baudruche, et s'apprête à attendre toute une vie qu'un inconnu la lui renvoie du fin fond de son enfance.»
(Coll. Amarante, 23,5 euros, 276 p., janvier 2015)
EAN : 9782343044002 EAN PDF : 9782336366265

LE GRAND PROJET
Dernier visa pour les Tropiques – Roman
Richard GUERIN
Lorsque le cabinet Électra accepte de travailler pour le ministère de l'Intérieur, il ne se doute pas quel esprit machiavélique il devra affronter. Le bouillant Le Pornic, politicien sans scrupules, confie à quelques experts le soin de rédiger un projet qui sorte de l'ordinaire : le Grand Projet. Une génération entière est sacrifiée au profit de l'État. Il faudra compter sur un ancien chercheur du CNRS et sur son amie journaliste, Célia Borromini, pour confondre les auteurs des crimes et faire avorter le Grand Projet.
(Coll. Écritures, 26 euros, 306 p., janvier 2015)
EAN : 9782343047799 EAN PDF : 9782336368597

HERMINE ET LE VIEUX JEUNE HOMME
Jay Alansky
Un cinéaste exilé qui, le temps d'un seul film, connut le succès, regagne Paris pour organiser un casting auquel se présente la déroutante Hermine. Cette rencontre transforme le cours de leurs vies et fait ressurgir les fantômes, les ombres et les marques de leurs passés. Qui sont ces actrices déchues et oubliées qui soudain réapparaissent ? Que cache l'enfance d'Hermine et celle de ce «fils blessé» ? À la solitude érudite de celui qui place le cinéma plus haut que tout, succèdent les rêves et les visions hallucinées d'un «vieux jeune homme» d'une exigence obsessive qui trouve en Hermine son double et l'amour qu'il n'attendait plus.
(23 euros, 260 p., janvier 2015)
EAN : 9782343047645 EAN PDF : 9782336366470

L'HARMATTAN ITALIA
Via Degli Artisti 15; 10124 Torino

L'HARMATTAN HONGRIE
Könyvesbolt ; Kossuth L. u. 14-16
1053 Budapest

L'HARMATTAN KINSHASA
185, avenue Nyangwe
Commune de Lingwala
Kinshasa, R.D. Congo
(00243) 998697603 ou (00243) 999229662

L'HARMATTAN CONGO
67, av. E. P. Lumumba
Bât. – Congo Pharmacie (Bib. Nat.)
BP2874 Brazzaville
harmattan.congo@yahoo.fr

L'HARMATTAN GUINÉE
Almamya Rue KA 028, en face
du restaurant Le Cèdre
OKB agency BP 3470 Conakry
(00224) 657 20 85 08 / 664 28 91 96
harmattanguinee@yahoo.fr

L'HARMATTAN MALI
Rue 73, Porte 536, Niamakoro,
Cité Unicef, Bamako
Tél. 00 (223) 20205724 / +(223) 76378082
poudiougopaul@yahoo.fr
pp.harmattan@gmail.com

L'HARMATTAN CAMEROUN
BP 11486
Face à la SNI, immeuble Don Bosco
Yaoundé
(00237) 99 76 61 66
harmattancam@yahoo.fr

L'HARMATTAN CÔTE D'IVOIRE
Résidence Karl / cité des arts
Abidjan-Cocody 03 BP 1588 Abidjan 03
(00225) 05 77 87 31
etien_nda@yahoo.fr

L'HARMATTAN BURKINA
Penou Achille Some
Ouagadougou
(+226) 70 26 88 27

L'HARMATTAN SÉNÉGAL
10 VDN en face Mermoz, après le pont de Fann
BP 45034 Dakar Fann
33 825 98 58 / 33 860 9858
senharmattan@gmail.com / senlibraire@gmail.com
www.harmattansenegal.com

L'HARMATTAN BÉNIN
ISOR-BENIN
01 BP 359 COTONOU-RP
Quartier Gbèdjromèdé,
Rue Agbélenco, Lot 1247 I
Tél : 00 229 21 32 53 79
christian_dablaka123@yahoo.fr

Achevé d'imprimer par Corlet Numérique - 14110 Condé-sur-Noireau
N° d'Imprimeur : 120180 - Dépôt légal : juillet 2015 - *Imprimé en France*